汝东◎编注

韶华不为少年留·秦观词

人民文学出版社

图书在版编目(CIP)数据

韶华不为少年留:秦观词/汝东编注.
—2版.—北京:人民文学出版社,2016
(恋上古诗词:版画插图版)
ISBN 978-7-02-012214-1

Ⅰ.①韶… Ⅱ.①汝… Ⅲ.①秦观(1049—1100)
宋词-诗歌欣赏 Ⅳ.①I207.23

中国版本图书馆 CIP 数据核字(2016)第 278188 号

责任编辑:李 俊 吴柯静
特约策划:尚 飞
装帧设计:高静芳

出版发行 人民文学出版社
社　　址 北京市朝内大街 166 号
邮政编码 100705
网　　址 http://www.RW-cn.com

印　　刷 山东德州新华印务有限责任公司
经　　销 全国新华书店等

开　　本 890 毫米×1240 毫米　1/32
印　　张 6
插　　页 2
字　　数 150 千字
版　　次 2010 年 9 月北京第 1 版　2017 年 1 月北京第 2 版
印　　次 2017 年 1 月第 1 次印刷

书　　号 978-7-02-012214-1
定　　价 25.00 元

如有印装质量问题,请与本社图书销售中心调换。电话:010-65233595

前 言

在北宋，词被称作"新声"，用现在的话来说就是流行音乐。哪个人填写的词传唱的范围广，就表明其受民众喜爱的程度高。这之中，秦观无疑是一个当红词人。他的词不仅流行于淮楚一带，还盛唱于都城汴京等地。蔡絛的《铁围山丛谈》载有一则有趣的故事，说秦观的女婿范温有一次参加某贵人家的宴会，贵人有侍儿，善歌秦观词。席间，侍儿并不招呼范温，范温生性拘谨，也没敢说话。等到大家喝酒喝到畅快的时候，侍儿才问范温是何人，范温马上站起来说："我是'山抹微云'的女婿。"在座诸公闻之大笑。实际上，范温并非等闲之辈，他的父亲范祖禹是当时著名的史学家，曾与司马光一起编撰《资治通鉴》，其本人也是一个诗评家，所著《潜溪诗眼》为当时不少著作所引用。他不说自己名姓，而自称"山抹微云"女婿，可见当时秦观词的影响力与被人们所熟知的程度。直至今日，秦观词仍深受读者的喜爱。

秦观的一生是与苏轼紧密联系在一起的。宋神宗熙宁十年（1077），秦观二十九岁，在徐州初识苏轼，便很受苏轼的赏识，并

1

将其诗介绍给王安石。在苏轼的鼓励下,于元丰八年(1085)得中进士,从此踏入仕途。元祐初,经苏轼推荐,除太学博士,迁秘书省正字,兼国史院编修。绍圣元年,因受苏轼的牵连而迭遭贬逐,元符三年(1100)死于赦还途中。东坡闻之,两日为之食不下。

尽管秦观出于苏轼门下,但他的词却与苏词风格迥异。苏词豪迈淋漓,如怒澜飞空,不可狎视;秦词婉约细腻,如幽花媚春,自成馨逸。苏轼曾不满秦观词的气格纤弱,戏云:"山抹微云秦学士,露花倒影柳屯田。"将其与柳永并称。秦观确实是有一些《河传》、《品令》、《迎春乐》之类词意俗浅、气格卑靡的作品,不过这只是极少数,他的词大多能在言情述愁中表现出一种很深的思致,从品格上说,要在柳永之上。所以王国维指出:"词之雅郑,在神不在貌。永叔、少游虽作艳语,终有品格。"(《人间词话》)试看一首《踏莎行》:

雾失楼台,月迷津渡,桃源望断无寻处。可堪孤馆闭春寒,杜鹃声里斜阳暮。 驿寄梅花,鱼传尺素,砌得此恨无重数。郴江幸自绕郴山,为谁流下潇湘去。

绍圣三年(1096),秦观在监处州(今浙江丽水)酒税的位上,再遭贬谪,远徙郴州(今湖南郴县),并被削去了所有官爵。此词作于抵达郴州的第二年春天。上片叙写客馆之凄凉,前二句,一"失"字,一"迷"字,传达出作者的迷惘与惆怅之情,接下以桃源无寻、孤馆闭寒、鹃啼斜阳,进一步渲染愁苦难堪的心境。下片抒发谪居之悲苦,先写来自远方亲朋好友的赠品与书信,虽能慰解一时之愁,但也带来了无穷无尽的离恨;再以郴水本自围绕郴山,竟流向潇湘而去,比喻自己离开故国、四处漂泊的命运。全词以清婉哀苦的笔调,将屡遭贬谪的绝望伤心之情怀表现得极为沉痛。周济正是看到了少游词的这一感情特点,故而指出:"将身世之感,打并入艳情,又是一法。"(《宋四家词选》)

秦观是以"情辞兼胜"的独特艺术风格出现在当时词坛的。沈雄《古今词话》引蔡伯世云:"子瞻辞胜乎情,耆卿情胜乎辞。情辞相称者,少游一人而已。"就情来说,他一生仕途蹇滞,屡遭贬谪,苦闷牢骚,不能自持,寄之于词,故深切挚厚,动人心弦。尽管他有不少篇什是追怀过去风流旖旎的生活,并过多地带有浓厚的感伤情调,但毕竟是真情实感的流露。就辞来说,既无艰深晦涩之态,亦无浅俗发露之习,抒情婉转含蓄,下语清丽淡雅。这情与辞的结合,自然使其词韵味醇厚隽永,所以周济称为"如花初胎"(《宋四家词选目录序论》);况周颐称为"初日芙蓉"(《蕙风词话》);楼敬思称为"江梅作花"(《词林纪事》引)。试读一首小词:

漠漠轻寒上小楼,晓阴无赖似穷秋。淡烟流水画屏幽。自在飞花轻似梦,无边丝雨细如愁,宝帘闲挂小银钩。(《浣溪沙》)

这是一首伤春之作。上片写寒气袭人的春晓,独上小楼,为浓阴密布的森冷天气而恼恨;下片以落花轻飘、细雨蒙蒙之景表现自己幽渺的情思。其中词人用了两个精妙的比喻:飞花轻似梦,丝雨细如愁。"飞花"与"梦","丝雨"与"愁",不相类似,无从类比,但词人以"轻"和"细"的特征把它们联结起来,不仅传达出词人微妙的情思,而且构成了一个空灵蕴藉、清幽婉美的意境。卓人月称此词"夺南唐席"(《古今词统》),并不过誉。

少游词情辞兼胜的风格特点,并不仅仅表现在小词之中,他将情辞兼胜的风姿同时引入到长调之中,从而弥补了柳永在慢词的铺叙展衍中带来的浅俗发露之不足,使长调也获得了婉雅蕴藉之美。下面看一首《八六子》:

倚危亭,恨如芳草,萋萋刬尽还生。念柳外青骢别后,水边红袂分时,怆然暗惊。无端天与娉婷。夜月一帘幽梦,春风十里柔情。怎奈向、欢娱渐随流水,素弦声断,翠绡香减,那堪片片飞花弄晚,蒙蒙残雨笼晴。正销凝,黄鹂又啼数声。

这首词抒写离情别绪。开端以"倚危亭"领起,随后两句从李煜《清平乐》词之"离恨恰如春草,更行更远还生"化出,以春草铲除不尽言愁不可解,恨不能已,可谓神来之笔。接下以"念"字一转,引出两六言偶句,追忆与恋人的分别,"柳外青骢"、"水边红袂",辞藻秀雅,情事宛然在目。"怆然暗惊"乃由"别后"、"分时"所生,包容无限慨叹,感情依旧含而不露。过片进一步追忆前事,"娉婷"言恋人之美,"夜月"叙欢娱之乐,情从景出,境极优美,意极含蓄。"怎奈向"再一转,落到眼前别情,素琴声断、翠巾香减,情已难堪,更何况处于飞红片片、残雨蒙蒙的暮春时节,令人更觉销魂。感情在这层层深入后,又以"正销凝"一顿,末用黄鹂数声之景语作结,给人有余不尽之意。全词意象鲜明幽美,语言淡雅洗练,铺叙细腻曲折,抒情委婉绵远,极富有艺术韵味。张炎曾以此为离情词之典范,说:"离情当如此作,全在情景交炼,得言外意。"(《词源》)正是因为秦观第一个在长调慢词中写出了浓挚的情韵,这就使北宋初以来张、晏、欧、柳所形成的婉约词在他手中获得了艺术上的真正成熟,从而奠定了其在婉约词派中的领袖地位。

秦观词历来备受推崇。夏敬观云:"少游词清丽婉约,辞情相称,诵之回肠荡气,自是词中上品。"(《淮海词跋》)有人甚至认为其词要高于苏轼,如纪昀云:"观诗格不及苏、黄,而词则情韵兼胜,在苏、黄之上。"(《四库全书总目提要》)平心而论,秦观词情韵虽高,格力见弱;辞意虽婉,风骨见纤,难以与意境高旷博大的苏轼相比肩。然他远师晚唐五代,近承晏柳诸家,形成了自己情辞兼胜的独特风格,把婉约词推向了一个新的艺术高度,从而"近开美成,导其先路"(陈廷焯《白雨斋词话》),这一贡献却是同时代任何婉约词人所无法企及的。

本书以徐培均先生的《淮海居士长短句》为底本,收录了秦观的全部词作,补遗部分则酌情选收。作品的个别字词,因根据其他版本的校改会有不同。在注释方面,不作烦琐引证,力求简要明白。"辑评"一栏所选录的历代词评家的点评,可供读者更好地体会作品。全书不足之处,欢迎读者指正。

目录

前言

卷上

望海潮（星分牛斗）	3
望海潮（秦峰苍翠）	5
望海潮（梅英疏淡）	8
望海潮（奴如飞絮）	12
沁园春（宿霭迷空）	13
水龙吟（小楼连远横空）	15
八六子（倚危亭）	18
风流子（东风吹碧草）	21
梦扬州（晚云收）	24
雨中花（指点虚无征路）	26
一丛花（年时今夜见师师）	27
鼓笛慢（乱花丛里曾携手）	28
促拍满路花（露颗添花色）	30
长相思（铁瓮城高）	31
满庭芳（山抹微云）	33
满庭芳（红蓼花繁）	37
满庭芳（碧水惊秋）	39

江城子（西城杨柳弄春柔） 40

江城子（南来飞燕北归鸿） 42

江城子（枣花金钏约柔荑） 43

满园花（一向沉吟久） 44

卷中

迎春乐（菖蒲叶叶知多少） 49

鹊桥仙（纤云弄巧） 50

菩萨蛮（虫声泣露惊秋枕） 52

减字木兰花（天涯旧恨） 54

木兰花（秋容老尽芙蓉院） 56

画堂春（落红铺径水平池） 58

千秋岁（水边沙外） 60

踏莎行（雾失楼台） 63

蝶恋花（晓日窥轩双燕语） 67

一落索（杨花终日空飞舞） 68

丑奴儿（夜来酒醒清无梦） 69

南乡子（妙手写徽真） 70

醉桃源（碧天如水月如眉） 71

河传（乱花飞絮） 72

河传(恨眉醉眼)	73
浣溪沙(漠漠轻寒上小楼)	74
浣溪沙(香靥凝羞一笑开)	76
浣溪沙(霜缟同心翠黛连)	77
浣溪沙(脚上鞋儿四寸罗)	78
浣溪沙(锦帐重重卷暮霞)	79
如梦令(门外鸦啼杨柳)	80
如梦令(遥夜沉沉如水)	81
如梦令(幽梦匆匆破后)	84
如梦令(楼外残阳红满)	85
如梦令(池上春归何处)	87
阮郎归(褪花新绿渐团枝)	88
阮郎归(宫腰袅袅翠鬟松)	89
阮郎归(潇湘门外水平铺)	90
阮郎归(湘天风雨破寒初)	91
满庭芳(北苑研膏)	92
满庭芳(晓色云开)	94
满庭芳(雅燕飞觞)	97
桃源忆故人(玉楼深锁薄情种)	99

3

卷下

调笑令十首并诗	103
王昭君	103
乐昌公主	106
崔徽	108
无双	109
灼灼	110
盼盼	112
莺莺	113
采莲	116
烟中怨	118
离魂记	119
虞美人(高城望断尘如雾)	122
虞美人(碧桃天上栽和露)	123
虞美人(行行信马横塘畔)	124
点绛唇(醉漾轻舟)	124
点绛唇(月转乌啼)	125
品令(幸自得)	127

品令（掉又䩖）　　　　　　　　128

南歌子（玉漏迢迢尽）　　　　　129

南歌子（愁鬓香云坠）　　　　　131

南歌子（香墨弯弯画）　　　　　132

临江仙（千里潇湘接蓝浦）　　　133

临江仙（髻子偎人娇不整）　　　134

好事近（春路雨添花）　　　　　136

补遗

如梦令（莺嘴啄花红溜）　　　　141

木兰花慢（过秦淮旷望）　　　　143

阮郎归（春风吹雨绕残枝）　　　145

画堂春（东风吹柳日初长）　　　146

海棠春（晓莺窗外啼声巧）　　　150

菩萨蛮（金风簌簌惊黄叶）　　　150

金明池（琼苑金池）　　　　　　153

鹧鸪天（枝上流莺和泪闻）　　　156

浣溪沙（青杏园林煮酒香）　　　158

南歌子（霭霭凝春态）　　　　　161

蝶恋花(钟送黄昏鸡报晓)	162
捣练子(心耿耿)	164
如梦令(门外绿阴千顷)	166
虞美人影(碧纱影弄东风晓)	168
醉乡春(唤起一声人悄)	170
眼儿媚(楼上黄昏杏花寒)	171
行香子(树绕村庄)	173

卷上

望海潮①

星分牛斗,疆连淮海②,扬州万井提封③。花发路香,莺啼人起,珠帘十里东风④。豪俊气如虹⑤。曳照春金紫⑥,飞盖相从⑦。巷入垂杨,画桥南北翠烟中。　　追思故国繁雄⑧。有迷楼挂斗⑨,月观横空⑩。纹锦制帆,明珠溅雨,宁论爵马鱼龙⑪。往事逐孤鸿。但乱云流水,萦带离宫⑫。最好挥毫万字,一饮拚千钟⑬。

注释

① 此词系秦观于元丰三年(1080)游扬州时所作。也有本子题作"广陵怀古"。
② "星分"二句:写扬州的地理位置。古人将天上的二十八星宿对应九州大地,而扬州正处在天上星宿中牛宿和斗宿之间,所以说"星分牛斗"。又扬州北连淮海,南接东海,所以说"疆连淮海"。
③ 万井提封:言扬州区域广阔,人烟稠密。古制八家为井,万井是说村落众多。提封,指领土,封地。
④ "珠帘"句:化用杜牧《赠别二首》之一:"春风十里扬州路,卷上珠帘总不如。"
⑤ 豪俊:豪杰英俊之士。气如虹:气概不凡。李贺《高轩过》诗:

"马蹄隐耳声隆隆,入门下马气如虹。"

⑥ "曳照"句:言达官贵人怀黄金之印,结紫绶于腰,在春光下显得光彩照人。系化用杜甫《奉寄章十侍御》诗:"淮海维扬一俊人,金章紫绶照青春。"曳,穿戴。

⑦ 飞盖:代指飞驰的车辆。

⑧ 故国:故乡。秦观系高邮人,旧属扬州,故云。繁雄:繁华雄伟。

⑨ 迷楼:隋炀帝所建,极其富丽奢华,故址在今扬州西北观音山上。挂斗:指迷楼高耸,与星斗相接。宋时迷楼旧址有摘星寺。

⑩ 月观:楼阁名。南朝宋徐湛之修建,为扬州名胜。隋炀帝曾与萧妃同游。

⑪ "纹锦"三句:以锦缎作船帆,将明珠洒在龙舟上拟雨雹之声,更不用说那些珍奇玩物和百戏表演了。这几句乃极言隋炀帝当年侈靡的生活。爵,通"雀"。爵马,指雀马一类的玩物。鱼龙,一种百戏表演节目。鲍照《芜城赋》:"吴蔡齐秦之声,鱼龙爵马之玩。"

⑫ 萦带:萦绕。离宫:皇帝在外临时居住的宫室。《通鉴·隋纪四》:"(炀帝)自长安至江都,置离宫四十余所。"

⑬ "最好"二句:意谓凭吊古迹,最宜以写诗和喝酒来遣兴。语出欧阳修《朝中措》词:"文章太守,挥毫万字,一饮千钟。"拚(pàn),舍弃,不顾惜。

辑评

俞陛云云：首言州郡之雄壮，提挈全篇。次言途中之富丽，人物之豪俊。次乃及游赏归来，垂杨门巷，画桥碧阴，言居处之妍华，层层写出，如身到绿杨城郭。下阕言追怀炀帝时，其繁雄尤过于今日，迷楼朱障，极侈泰之娱；而物换星移，剩有乱云流水，与唐人过隋故宫诗"晚来风起花如雪，飞入宫墙不见人"及"闪闪残萤犹得意，夜深来往豆花丛"句，其感叹相似。（《唐五代两宋词选释》）

望海潮①

秦峰苍翠②，耶溪潇洒③，千岩万壑争流④。鸳瓦雉城，谯门画戟，蓬莱燕阁三休⑤。天际识归舟⑥。泛五湖烟月，西子同游⑦。茂草台荒⑧，苎萝村冷起闲愁⑨。　　何人览古凝眸。怅朱颜易失，翠被难留⑩。梅市旧书，兰亭古墨，依稀风韵生秋。狂客鉴湖头⑪。有百年台沼，终日夷犹⑫。最好金龟换酒，相与醉沧洲⑬。

注释

① 此词有本子题作"越州怀古",系秦观于元丰二年(1079)游览会稽(又称越州,今浙江绍兴)时作。

② 秦峰:即秦望山,位于绍兴东南四十里,秦始皇曾登此山。

③ 耶溪:即若耶溪,位于绍兴东南二十五里,相传西施曾在溪边浣纱,故又称浣纱溪。潇洒:这里是清幽的意思。

④ "千岩"句:据《世说新语·言语》载,顾恺之从会稽游玩回来,有人问他那里景色如何,顾回答说:"千岩竞秀,万壑争流。"

⑤ "鸳瓦"三句:意思是说女墙系用鸳鸯瓦盖成,城门楼上士兵手执着画戟,而登蓬莱阁中途要休息三次才能到达。鸳瓦,成对的瓦。雉城,城上的齿状小墙,俗称女墙。谯门,城门楼,用以瞭望敌情。画戟,有彩画的戟。蓬莱燕阁,即蓬莱阁,吴越王钱镠所建,系游宴之所。燕,通"宴"。三休,形容蓬莱阁之高。贾谊《新书·退让》:"楚王夸使者以章华之台,台甚高,三休乃至。"

⑥ "天际"句:语出谢朓《之宣城郡出新林浦向板桥》诗:"天际识归舟,云中辨江树。"

⑦ "泛五湖"二句:据史载,范蠡助越王勾践灭吴国后,携西施归隐,泛扁舟于五湖之上。五湖,即太湖。

⑧ 茂草台荒:当初吴王夫差为西施所筑的姑苏台今已杂草丛生,一片荒芜。姑苏台旧址在今江苏苏州西南。

⑨ 苎(zhù)萝村:西施故里,在今浙江诸暨苎萝山下。

⑩ 翠被:原意是以翠羽饰被,这里比喻华贵的衣饰。

⑪"梅市"四句：借用三个典故进一步抒发"朱颜易失,翠被难留"的感慨。梅市,指西汉梅福。其少年饱学,做官后,曾数次上书,终不见纳。元始中,见王莽专政,遂辞官别妻,变名姓,为会稽门卒。其所隐居之地后被称为梅市。旧书,指梅福研习的《尚书》《春秋》等古籍。兰亭古墨,指王羲之与许多名士在会稽山阴的兰亭饮酒宴集之际写下的《兰亭集序》。刘长卿有《送人游越》诗:"梅市门何在?兰亭水尚流。"依稀风韵生秋,谓古人的流风余韵今已冷落。狂客,唐代诗人贺知章自号"四明狂客",晚年退居会稽鉴湖。

⑫"有百年"二句：这里有百年的台观池沼,可以终日逍遥。夷犹,迟疑不进,此处的意思是从容流连。

⑬"最好"二句：意谓最好将那些富贵功名都换成美酒,在这块隐居之地尽情享受。金龟换酒,典出《本事诗》。李白初至京城,贺知章闻其名,前去其居住的旅舍拜访,李白出示《蜀道难》诗,贺还未读完,便大为赞叹,称其为"谪仙",并解下所佩金龟袋换酒,尽醉而归。金龟,唐代官员的一种佩饰。武后时三品以上龟袋用金饰,四品用银饰,五品用铜饰。沧洲,水滨,古人用来称隐者所居之处。

辑评

沈际飞云:词为故实拖叠所累。(《草堂诗馀续集》)

望海潮[1]

梅英疏淡，冰澌溶泄，东风暗换年华[2]。金谷俊游，铜驼巷陌，新晴细履平沙。长记误随车[3]。正絮翻蝶舞，芳思交加。柳下桃蹊，乱分春色到人家[4]。西园夜饮鸣笳。有华灯碍月，飞盖妨花[5]。兰苑未空，行人渐老，重来是事堪嗟[6]。烟暝酒旗斜。但倚楼极目，时见栖鸦。无奈归心，暗随流水到天涯。

注释

① 此词有本子题作"洛阳怀古"，系秦观于绍圣元年(1094)遭贬离京之际重游洛阳时作。

② "梅英"三句：交代时令季节。词人在看到稀稀淡淡的梅花和融化流动的冰块，惊叹岁月在不知不觉中又流逝了。

③ "金谷"四句：雨后初晴，漫步于平坦的沙路，赏金谷园，游铜驼街，还无意中错跟着陌生女子的车子。以上是追忆当年在洛阳游乐的情景。金谷，地名，位于洛阳东北，西晋石崇曾在此筑金谷园，宴集宾客，备极豪华。铜驼，洛阳街名，位于洛阳皇宫南，因宫前立有铜铸骆驼而得名。在古典诗词中常用"金谷"和"铜驼"来代表洛阳。如骆宾王《艳情代郭氏答卢照邻》诗："铜驼路上柳千条，金谷园中花几色。"俊游，游览胜地。细履平沙，在平坦的沙路上漫步。

望海潮（梅英疏淡）

④ "正絮翻"四句:承"误随车"而来,描写当时逗人的春色与内心的感受。芳思,春天的情思。桃蹊,桃树下的小路。

⑤ "西园"三句:写当年夜饮。西园,元祐年间苏轼与诸名士宴游之所。鸣笳,奏乐。笳,古代北方少数民族的乐器。华灯碍月,飞盖妨花,言灯光之灿烂,马车装饰之华丽让月色与繁花黯然失色。盖,车篷。

⑥ "兰苑"三句:由回忆转到现实,抒写自己即将被贬离京的心情。兰苑,园林的美称,这里指西园。行人,远行之人,系作者自指。是事,犹凡事,事事。

辑评

沈际飞云:春光满楮,与梅无涉。(《草堂诗馀正集》)

李攀龙云:借桃花缀梅花,风光百媚。停杯骋望,有无限归思隐约言先。 又云:自梅英吐、年华说到春色乱分处,兼以华灯、飞盖、酒旗,一寓目尽是旅客增怨,安得不归思如流耶!(《草堂诗馀隽》)

周济云:两两相形,以整见动。以两"到"字作眼,点出"换"字精神。(《宋四家词选》)

陈廷焯云:少游词最深厚,最沉着,如"柳下桃蹊,乱分春色到人家",思路幽绝,其妙令人不能思议,较"郴江幸自绕郴山,为谁流向潇湘去"之语,尤为入妙。世人动訾秦七,真所谓井蛙谤海也。(《白雨斋词话》) 又云:"乱分"七字绝。临风怀远,曲曲达出,结笔沈至。(《云韶集》)

俞陛云云:前段纪昔日游观之事。转头处"西园"三句,极写灯火车骑之盛,惟其先用重笔,故重来感旧,倍觉凄清。后段真气流转,不下于《广陵怀古》之作。(《唐五代两宋词选释》)

俞平伯云:"东风暗换年华"是本篇的主句,意直贯篇终。以下即就此发挥。(《唐宋词选释》)

唐圭璋:此首述游踪,情韵极胜。起三句,点明时令景物。初言梅落,继言冰泮。"东风"一句,略束。"暗换"二字,已有惊叹之意。"金谷"三句,叙出游。"新晴细履平沙",可见天气之佳,与人之闲适。"长记"一句,触景陡忆。自此至"飞盖妨花",皆回忆当日之盛况。"正絮翻"四句总束,设想奇绝。"西园"三句,写当日夜饮之乐。"华灯碍月"是灯光如昼也;"飞盖妨花",是嘉宾如云也;"夜饮鸣笳"是鼓吹沸天也,炼字琢句,精美绝伦。信乎谭复堂称其似"陈、隋小赋"也。"兰苑"以下,转笔伤今,化密为疏,又觉空灵荡漾,余韵不尽。今者名园犹昔,而人来已老,追想当日风流,能无嗟叹。"烟暝"三句,是目前冷落景象,正与当日西园盛况对照。所见酒旗、栖鸦、流水,皆在在堪嗟之事。末以思归之意作结,颇有四顾苍茫之感。读此词令人怅惘无家。盖少游纯以温婉和平之音,荡人心魄,与屯田、东坡之使气者又不同也。(《唐宋词简释》)

望海潮①

奴如飞絮,郎如流水,相沾便肯相随②。微月户庭,残灯帘幕,匆匆共惜佳期③。才话暂分携④。早抱人娇咽,双泪红垂⑤。画舸难停⑥,翠帱轻别两依依⑦。　　别来怎表相思？有分香帕子,合数松儿⑧。红粉脆痕,青笺嫩约,丁宁莫遣人知⑨。成病也因谁？更自言秋杪,亲去无疑。但恐生时注著,合有分于飞⑩。

注释

① 这是一首闺情词,描写恋人间难舍难分的离情。
② "奴如"三句:形容男女双方的一见钟情。
③ "微月"三句:幽会情景。微月、残灯,表示夜深。佳期,男女幽欢之日。
④ 暂:突然。分携:分别,分手。
⑤ 双泪红垂:即红泪双垂。因泪和着胭脂而流,故称红泪。
⑥ 画舸:彩饰的船。这里指即将离去的男子所乘之船。
⑦ 翠帱:青绿色的罗帐。
⑧ 分香帕子,合数松儿:二者都是赠别之物,以表相思。分香帕子,即罗香帕。合数松儿,成双成对的松子。洪瑹《永遇乐》词:"合数松儿,分香帕子,总是牵情处。"

⑨ "红粉"三句:女子用青色的信笺写下语言稚嫩的情书交给我,嘱咐我不要随便给别人看,信封上还有轻淡的脂粉痕迹。脆痕,轻痕。

⑩ "成病"五句:都是情书所写的内容。意谓你离去后,我会因你而生相思病。待到秋末的时候,我无论如何也会前去找你。恐怕是我生下时便命中注定,应该与你有夫妻的缘分。杪(miǎo),树木的末梢,引申为末尾。注著,注定。于飞,喻夫妻比翼齐飞。《诗·大雅·卷阿》:"凤凰于飞,翙翙其羽。"

辑评

徐渭云:寻常浅语,自是生情。(徐渭评本《淮海集》)

沁园春①

宿霭迷空②,腻云笼日③,昼景渐长。正兰皋泥润,谁家燕喜,蜜脾香少,触处蜂忙④。尽日无人帘幕挂,更风递游丝时过墙⑤。微雨后,有桃愁杏怨,红泪淋浪⑥。　　风流寸心易感,但依依伫立,回尽柔肠⑦。念小奁瑶鉴,重匀绛蜡,玉笼金斗,时熨沉香⑧。柳下相将游冶处⑨,便回首、青楼成异乡⑩。相忆事,纵蛮笺万叠⑪,难写微茫⑫。

注释

① 从词中"便回首、青楼成异乡"句来看,此词当是扬州冶游后所作。词上片写春景,下片抒春情。
② 宿霭:隔夜的雾气。
③ 腻云:厚厚的云层。
④ "正兰皋"四句:燕子高兴地衔泥筑巢,蜂儿忙着采花酿蜜。兰皋,长着兰草的河边高地。谁家,犹言何其。蜜脾,因蜜房的形状似脾,故称。触处,处处。
⑤ 游丝:飘荡于空中的蜘蛛等昆虫所吐的丝。
⑥ 红泪淋浪:形容雨后桃花杏花上水珠不停下滴的样子。
⑦ "风流"三句:言词人面对大好春光,依依不舍地站立在那儿,多情的心引发了无限的感慨,柔肠为之萦回郁结。风流,多情的意思。
⑧ "念小奁"四句:回忆恋人当时的生活细节:她有时打开精致的梳妆盒,对着镜子,在脸上重施一层脂粉;有时用沉香来熏熨衣服。瑶鉴,华美的镜子。绛蜡,原指红烛,这里指胭脂。玉笼,熏笼的美称。金斗,熨斗的美称。
⑨ 相将:相随,一起。
⑩ 青楼:妓馆。杜牧《遣怀》诗:"十年一觉扬州梦,赢得青楼薄幸名。"
⑪ 蛮笺:即蜀笺,四川地区生产的信笺。

⑫ 难写微茫：难以表达内心的惆怅。

辑评

　　沈际飞云：委委佗佗，条条秩秩，未免有情难读，读难厌。（《草堂诗馀别集》）

水龙吟①

　　小楼连远横空，下窥绣毂雕鞍骤②。朱帘半卷，单衣初试③，清明时候。破暖轻风，弄晴微雨，欲无还有④。卖花声过尽，斜阳院落，红成阵，飞鸳甃⑤。　　玉佩丁东别后⑥，怅佳期、参差难又⑦。名缰利锁⑧，天还知道，和天也瘦⑨。花下重门，柳边深巷，不堪回首。念多情但有，当时皓月，向人依旧。

注释

① 元祐元年至五年(1086—1090)，秦观任蔡州(今河南汝南)教授，与一个叫娄琬字东玉的青楼女子过从甚密，这首词便是赠给她的。词中"玉佩丁东"便隐藏妓名"东玉"二字。词上片描写小楼所见之景，下片抒发别后相思之情。

水龙吟（小楼连远横空）

② "小楼"二句:写词人站在小楼上,往远望是万里碧空,往下看是马车奔驰。连远,一作"连苑"。绣毂(gǔ)雕鞍,华丽的马车。毂,车轮中心的圆木,代指车。鞍,马鞍,代指马。骤,疾驰。

③ 单衣初试:脱下冬服,初换春装。

④ "破暖"三句:初春时节,微风吹拂,乍暖还寒;小雨时有时无,像是在逗弄晴天。

⑤ "红成阵"二句:落花阵阵,飞满井台。鸳甃(zhòu),用对称的砖瓦砌成的井壁或井台。

⑥ 玉佩:古人衣带上所佩戴的玉饰。丁东:玉佩相击声。

⑦ 参差:错失,错过。难又:难再。

⑧ 名缰利锁:言自己为名利所缚,所以误了佳期,无法再与伊人相会。

⑨ "天还"二句:如果上天知道我这种苦况的话,他也会消瘦的。此系化用李贺《金铜仙人辞汉歌》:"天若有情天亦老。"

辑评

张炎云:大词之料,可以敛为小词;小词之料,不可展为大词。若为大词,必是一句之意,引而为两三句,或引他意入来,捏合成章,必无一唱三叹。如少游《水龙吟》云"小楼连苑横空,下窥绣毂雕鞍骤",犹且不免为东坡所诮。(《词源》)

王世贞云:词内"人瘦也,比梅花,瘦几分";又"天还知道,和天也瘦";又"莫道不销魂,帘卷西风,人比黄花瘦",三"瘦"字俱

17

妙。(《艺苑卮言》)

沈际飞云:天也瘦起来,安得生致?少游自抉其心。(《草堂诗馀正集》)

李攀龙云:轻风微雨,写出暮春景色。(结句)有见月而不见人之憾,问天天不知。　又云:按景缀情,最有余味。谓笔能开花,信然!(《草堂诗馀隽》)

沈祥龙云:词当意余于辞,不可辞余于意。东坡谓少游"小楼连苑横空,下窥绣毂雕鞍骤"二句,只说得车马楼下过耳,以其辞余于意耳。若意余于辞,如东坡"燕子楼空,佳人何在,空锁楼中燕",用张建封事;白石"犹记深宫旧事,那人正睡里,飞近蛾绿",用寿阳事,皆为玉田所称,盖辞简而余意悠然不尽也。(《论词随笔》)

陈廷焯云:前后阕起处,醒。"娄东玉"三字,稍病纤巧。(《词则·闲情集》)

俞陛云云:此词上阕"破暖轻风"七句,虽纯以轻婉之笔写春景,而观其下阕,则花香帘影中,有伤春人在也。(《唐五代两宋词选释》)

八六子①

倚危亭②,恨如芳草,萋萋刬尽还生③。念柳外青骢别后,水边红袂分时④,怆然暗惊⑤。　　无端天与娉婷⑥。夜月一帘幽梦,春风十里柔情⑦。怎奈向、欢娱渐随流水⑧,素弦声断,翠绡香减⑨,那堪片片飞花弄晚,蒙蒙残雨笼晴⑩。正销凝⑪,黄鹂又啼数声。

注释

① 元丰三年(1080),词人自扬州返回家乡高邮,途经江都县邵伯镇,登上斗野亭,想起扬州的恋人而写下此词。

② 危亭:指高耸的斗野亭。

③ "恨如"二句:以春草铲除不尽,言愁不可解,恨不能已。萋萋,茂盛的样子。刬(chǎn),同"铲"。词意系从李煜《清平乐》"离恨恰如春草,更行更远还生",白居易《赋得古原草送别》"野火烧不尽,春风吹又生"化出。

④ "念柳外"二句:追忆与恋人分别时的情景。青骢,青白色的马,代指骑马男子。红袂,红色的衣袖,代指红衣女子。

⑤ 怆然暗惊:言自己每想到分别场面,便会猛地一惊,独自悲伤。

⑥ "无端"句:写恋人之美。意谓老天爷怎么会无缘无故赐我这么一个绝色佳人。娉婷,美好貌,代指美人。

⑦ "夜月"二句:写欢会之乐。"春风十里"出自杜牧《赠别二首》之一"春风十里扬州路,卷上珠帘总不如"。

⑧ 怎奈向:当时口语,犹云奈何。"向"字为词尾,无义。
⑨ "素弦"二句:伊人的弹奏之声已不再听见,赠我的手帕也香气渐渐淡薄了。素弦,指未加装饰的琴。翠绡,青绿色的手帕。
⑩ "那堪"二句:谓飞花与残雨逗弄着晚晴。
⑪ 销凝:销魂凝神,言悲愁伤感,茫然出神。

辑评

洪迈云:秦少游《八六子》词云:"片片飞花弄晚,蒙蒙残雨笼晴。正销凝,黄鹂又啼数声。"语句清峭,为名流推激。(《容斋随笔》)

沈际飞云:恨如刬草还生,愁如春絮相接。言愁,愁不可断;言恨,恨不可已。(《草堂诗馀正集》)

李攀龙云:别后分时,忆来情多。花弄晚,雨笼晴,又是一番景色一番愁。　又云:全篇句句写个怨意,句句未曾露个怨字,正是"诗可以怨"。(《草堂诗馀隽》)

黄苏云:寄托耶?怀人耶?词旨缠绵,音调凄婉如此。(《蓼园词选》)

俞陛云云:结句清婉,乃少游本色。起笔三句独用重笔,便能振起全篇。(《唐五代两宋词选释》)

陈匪石云:此词起处突兀,中间委婉曲折,道出心中蕴结,而确是别后追念之情。"可堪"以下,不再说情,专就景描写,而一往情深,令人读之魂销意尽。至造句工炼,写景细腻,犹其余事。此从唐五代词得来者,观之可知变化之由。而"怎奈向"五句,大

气贯注,亦与耆卿同工。(《宋词举》)

  唐圭璋云:此首,起处突兀,中间叙情委婉,末以景结,倍见含蓄。"倚危亭"句,周止庵谓为"神来之笔",实亦从李后主之"离恨恰如春草,更行更远还生"来。"念"字贯下两对句,为"恨"之所由生。"怆然"句顿住,言离别之可惊。"无端"三句,回忆昔时之浓情。"夜月"两对句极工丽。"怎奈向"三句转笔,言别后欢娱都杳。"素弦"两对句亦凄苦。"那堪"贯下两对句,言所见飞花残雨,愈增悲感,已深入一层。"正销凝"再作停顿。"黄鹂又啼数声",是闻声兴悲,更不堪矣。杜牧之云:"正销魂,梧桐又移翠阴",秦公盖效其句法也。(《唐宋词简释》)

风流子①

  东风吹碧草,年华换,行客老沧洲②。见梅吐旧英,柳摇新绿,恼人春色,还上枝头。寸心乱,北随云黯黯,东逐水悠悠③。斜日半山,暝烟两岸④,数声横笛,一叶扁舟。 青门同携手,前欢记,浑似梦里扬州⑤。谁念断肠南陌,回首西楼⑥。算天长地久,有时有尽,奈何绵绵,此恨难休⑦。拟待倩人说与,生怕人愁⑧。

风流子（东风吹碧草）

注释

① 绍圣元年(1094),秦观在由汴京贬往杭州的途中写下此词,抒发了逐客的情怀。

② "行客"句:词人于被贬途中顿感年华易逝,青春易老。沧洲,水滨,古人常用来称隐者所居之地,这里指一路水程。

③ "寸心乱"三句:写自己在路途中回首汴京,只见云雾迷茫;东望征程,又是江水悠长,心绪纷乱黯淡。

④ 暝烟:暮霭。

⑤ "青门"三句:追忆在汴京的恋情。青门,汉代长安城门,这里借指汴京城门。浑似,全似。梦里扬州,语本杜牧《遣怀》诗:"十年一觉扬州梦,赢得青楼薄幸名。"

⑥ "谁念"二句:西楼缱绻的情怀,南陌分别的痛苦,一切都已过去。南陌,郊外的道路。西楼,恋人的居处。

⑦ "算天长"四句:化用白居易《长恨歌》:"天长地久有时尽,此恨绵绵无绝期。"

⑧ "拟待"二句:准备找个人诉说衷肠,又怕别人生出愁怀。

辑评

　　沈际飞云:甚乱!东西南北,悉为愁场。怕伊愁,是以欲说还休。(《草堂诗馀正集》)

　　李攀龙云:人倚栏杆,夜不能寐。时有尽,恨无休,自尔辗转百出。　又云:触景伤怀,言言新巧,不涉人间蹊径。(《草堂

诗馀隽》)

陆云龙云:"恼人春色,还上枝头。寸心乱,北随云黯黯,东逐水悠悠",谱出如许伤心处。(《词菁》)

黄苏云:此必少游被谪后,念京中旧友而作,托于怀所欢之辞也。情致浓深,声调清远,回环雒诵。真能奕奕动人者矣!(《蓼园词选》)

俞陛云云:"寸心乱"三句,极写离愁之无限,以下之"斜日"、"暝烟"四叠句,遂一气奔赴,更觉力量深厚。下阕"天长地久"四句,虽点化乐天《长恨歌》,而以"倩人说与"句融纳之,便运古入化,弥见情深。(《唐五代两宋词选释》)

梦扬州①

晚云收。正柳塘、烟雨初休②。燕子未归,恻恻轻寒如秋③。小栏外、东风软,透绣帏、花蜜香稠④。江南远,人何处,鹧鸪啼破春愁。　　长记曾陪燕游⑤。酬妙舞清歌,丽锦缠头⑥。殢酒为花,十载因谁淹留⑦。醉鞭拂面归来晚,望翠楼、帘卷金钩⑧。佳会阻,离情正乱,频梦扬州。

注释

① 此为秦观自度曲,调名取自词中结句。词上片写思妇闺怨,下片写游子离怀。
② 烟雨初休:蒙蒙细雨刚刚停歇。
③ 恻恻:形容清冷的感觉。
④ "小栏"二句:小栏外的柔和春风透过帘幕,送来浓浓的花香。绣帏,华丽的帷幕。花蜜香稠,言花的香气浓郁,似乎带有甜味。
⑤ 燕游:即宴游。
⑥ "醉妙舞"二句:听歌赏舞,因为歌舞清妙而赠送歌妓舞女美丽的锦缎。缠头,用锦帛等财物赠给歌舞女子叫"缠头"。
⑦ "殢(tì)酒"二句:言多年来为了你而在扬州沉溺于饮酒赏花之中。殢,困于,纠缠。十载,化用杜牧《遣怀》诗:"十年一觉扬州梦,赢得青楼薄幸名。"这里取其概数。淹留,停留。
⑧ "醉鞭"二句:意谓游宴后醉归,家中佳人正卷帘倚楼等待着我。醉鞭拂面,与白居易《晚兴》"柳条春拂面,衫袖醉垂鞭"诗意相近。

辑评

沈际飞云:淮海词定有一番姿态。(《草堂诗馀别集》)

万树云:如此丰度,岂非大家杰作!(《词律》)

雨中花①

指点虚无征路,醉乘斑虬,远访西极②。正天风吹落,满空寒白③。玉女明星迎笑④,何苦自淹尘域⑤。正火轮飞上,雾卷烟开,洞观金碧⑥。　重重观阁,横枕鳌峰,水面倒衔苍石⑦。随处有奇香幽火,杳然难测。好是蟠桃熟后,阿环偷报消息。在青天碧海,一枝难遇,占取春色⑧。

注释

① 这是一首游仙词。与秦观同时代的惠洪在《冷斋夜话》中说,此词系秦观于元丰初年记梦之作。

② "指点"三句:醉中驾驭着有斑纹的虬龙,指点着虚无之乡,去造访遥远的西方仙境。指点虚无征路,语出杜甫《送孔巢父谢病归游江东兼呈李白》诗:"蓬莱织女回云车,指点虚无是征路。"虚无,即《庄子》所谓"无何有之乡"。虬,传说中的一种龙。《离骚》王逸注:"有角曰龙,无角曰虬。"西极,传说中的西方仙境。

③ "正天风"二句:正好碰上天风吹散了满天寒雾。

④ 玉女明星:即明星玉女,为华山仙女。《太平广记》引《集仙录》云:"明星玉女者,居华山,服玉浆,白日升天。"

⑤ 淹尘域:滞留在人间。

⑥ "正火轮"三句:这时只见一轮红日升上天空,顿时烟消云散,

仙境一片金碧辉煌。洞观,神仙居住的殿阁。
⑦ "重重"三句:层层寺观殿阁,依山而筑;山石矗立在海上,像是被海水紧紧衔着。鳌峰,传说中的海上仙山。一说状如鳌背,一说为巨鳌镇守,故称。
⑧ "好是"五句:承阿环好心,偷偷地告诉我蟠桃已熟的消息,可是我穷尽碧海青天,却依然没有寻觅到一枝占满春色的桃花。蟠(pán)桃,神话中的仙桃,三千年一熟,食之可以长生不老。据说西王母诞辰要开蟠桃会庆贺。阿环,传说中的上元夫人,这里借指西王母的信使。

一丛花①

年时今夜见师师②,双颊酒红滋③。疏帘半卷微灯外,露华上、烟袅凉飔④。簪髻乱抛,偎人不起,弹泪唱新词。　　佳期谁料久参差⑤?愁绪暗萦丝⑥。想应妙舞清歌罢,又还对秋色嗟咨⑦。惟有画楼,当时明月,两处照相思⑧。

注释

① 此词作于元祐六年(1091)中秋前后,是赠给汴京一个名叫师

师的歌妓的。词上片回忆当年相会,下片抒写别后相思。

② 年时:即当年。

③ 红滋:红润。

④ "露华"句:描写窗外白露初降、烟雾袅袅、凉风习习的情景。露华,露珠。凉飓(sī),凉风。

⑤ 参差:错失,错过。

⑥ 萦丝:萦绕。

⑦ "想应"二句:系设想师师在今夜的轻歌曼舞之后,也会对着秋色思念我而伤感不已。嗟咨,叹息。

⑧ "惟有"三句:言当时照着画楼的明月,如今却照着两处的相思之人。

辑评

邵祖平云:此阕李师师不必宋徽宗所幸名妓也。"弹泪唱新词",唱少游所作词也。(《词心笺评》)

鼓笛慢①

乱花丛里曾携手②,穷艳景,迷欢赏③。到如今谁把,雕鞍锁定,阻游人来往④?好梦随春远,从前事、不堪思想。念香闺正杳,佳欢未偶,难留恋、空惆怅。　　永夜婵娟未满⑤,叹玉楼、几时重上?那堪万里,却寻归路,指阳关孤唱⑥。苦恨东流水,桃源路、欲回双桨⑦。仗何人,细与丁宁问呵,我如今怎向⑧?

注释

① 从词中"那堪万里"来看,此词当作于被贬岭南之时。全词借恋情写身世之感。
② 乱花:繁花。
③ "穷艳景"二句:看尽了所有的美景,沉迷于欢乐游赏之中。
④ "到如今"三句:言如今自己被羁绊在远方,无法再与恋人花前月下欢娱了。
⑤ 永夜:长夜。婵娟:美好的样子,这里指明月。
⑥ "那堪"三句:秦观被贬郴州后,又接连被贬永州、雷州。这三句抒发了自己在万里之外求归不得,却还要孤零一人唱着《阳关曲》转迁谪地的悲凉。阳关,即《阳关曲》,系送别之曲,以王维《送元二使安西》诗为歌词。诗云:"渭城朝雨浥轻尘,客舍青青柳色新。劝君更尽一杯酒,西出阳关无故人。"孤唱,谓独自迁徙,无人相送,只有孤吟独唱。
⑦ "苦恨"二句:我怨恨那东流之水把我送到远方,我真想打起双桨,回到那桃源的美好生活中。桃源,据南朝宋刘义庆《幽

明录》载,东汉永平五年,刘晨、阮肇入天台山迷了路,望见山上有一桃树,便攀缘而上,食桃充饥。后于桃溪边见到两个美丽女子,被邀至家,留住半年。刘、阮二人回乡后,亲旧不复相识,一问已经历了子孙七代。此处以天台桃源仙境比作过去与恋人的生活环境。

⑧ 怎向:犹云奈何。

促拍满路花①

露颗添花色②,月彩投窗隙③。春思如中酒④,恨无力。洞房咫尺⑤,曾寄青鸾翼⑥。云散无踪迹⑦。罗帐熏残,梦回无处寻觅。　　轻红腻白,步步熏兰泽。约腕金环重,宜装饰⑧。未知安否?　一向无消息⑨。不似寻常忆。忆后教人,片时存济不得⑩。

注释

① 这是一首怀念恋人之作。
② 露颗:露珠。
③ 月彩:月光。
④ 中酒:醉酒。

⑤ 洞房:这里指伊人的居室。咫尺:形容距离很近。
⑥ 青鸾翼:喻书信。传说西王母出访汉武帝,命青鸟先期飞降承华殿,以通报消息。
⑦ 云散:喻情人分离。古人多以云雨喻男女欢会,以云散喻男女别离。
⑧ "轻红"四句:描写伊人的美貌。轻红腻白,言其肤色。熏兰泽,言其身上散发出兰花的芳香。约腕金环,指腕上金手镯。宜装饰,犹言打扮得很合时宜。
⑨ 一向:很久,许久。
⑩ 存济不得:心神不定,坐卧不安。存济,安顿,措置。

长相思①

铁瓮城高②,蒜山渡阔③,干云十二层楼④。开尊待月⑤,掩箔披风⑥,依然灯火扬州。绮陌南头,记歌名宛转,乡号温柔⑦。曲槛俯清流,想花阴、谁系兰舟⑧? 念凄绝秦弦⑨,感深荆赋⑩,相望几许凝愁⑪。勤勤裁尺素,奈双鱼、难渡瓜洲⑫。晓鉴堪羞,潘鬓点、吴霜渐稠⑬。幸于飞、鸳鸯未老,不应同是悲秋⑭。

注释

① 元丰五年(1082),秦观第二次到汴京应举落第,随后便去南方闲游。这首词系游镇江时所作,透露出嗟老伤时的情怀。

② 铁瓮(wèng):镇江古城名,为孙权所筑。关于城名的来源,一说是喻其坚固如铁;一说是喻其形状如瓮。

③ 蒜山:位于镇江西津渡口,因山多泽蒜而名。又被叫作算山,据说周瑜与诸葛亮相会于此,计破曹操,人谓其多算,故称。宋元间此山沦于江中,唯能从西津渡口见到水中孤峰。

④ 干云:直上云霄。

⑤ 开尊:开宴。尊,泛指酒器。

⑥ 掩箔(bó):撩起帘子。箔,苇子或秫秸织成的帘子,可当门帘、窗帘之用。披风:当风而立。

⑦ "绮陌"三句:回忆当年在扬州的情事。绮陌南头,华丽的街市南端,暗指妓女所居之处。歌名宛转,指古乐府琴曲歌辞《宛转歌》。乡号温柔,即温柔乡,语出《飞燕外传》:"是夜进合德(飞燕之妹)。帝大悦,以辅属体,无所不靡,谓为温柔乡。"喻美色迷人之境。

⑧ "曲槛"二句:我凭栏俯瞰着长江,不由猜想扬州旧游之地此刻花阴下又系着谁的兰舟。曲槛,曲栏。

⑨ 秦弦:秦筝,古代弦乐器,相传为蒙恬所造。

⑩ 感深荆赋:感情像《楚辞》一样深切。荆赋,即《楚辞》。楚地古称荆。联系结句"悲秋"看,这里的"荆赋"当是指宋玉的《九辩》。宋玉在《九辩》中主要抒发了"贫士失职而志不平"

的感慨。其中最著名的句子是"悲哉,秋之为气也"。

⑪ "相望"句:望着对岸的扬州,胸中怀有许多忧愁。凝愁,忧愁凝结不解。

⑫ "勤勤"二句:意谓我虽勤于给你写信,无奈送不到对岸的瓜洲。尺素、双鱼,均指书信。典出古乐府《饮马长城窟行》:"客有远方来,遗我双鲤鱼。呼儿烹鲤鱼,中有尺素书。"瓜洲,瓜洲渡,位于扬州南四十里长江边,隔岸与镇江相对。

⑬ "晓鉴"二句:言白发日渐增多,常使自己清晨不忍对镜。鉴,镜子。潘鬓,喻头发斑白,出自潘岳《秋兴赋序》"余春秋三十有二,始见二毛(白发)"。吴霜渐稠,白发越来越多。李贺《还自会稽歌》有"吴霜点归鬓,身与塘蒲晚"句。

⑭ "幸于飞"二句:可庆幸的是,你毕竟还年轻,不必与我一样嗟老悲秋。于飞鸳鸯,原指夫妻和谐,这里单指女方。

辑评

徐渭云:出调高爽,不尚纤丽,词家正声。(徐渭评本《淮海集》)

满庭芳①

山抹微云,天连衰草②,画角声断谯门③。暂停征棹,聊共引离尊④。多少蓬莱旧事⑤,空回首、烟霭纷纷。斜阳外,寒鸦万点,流水绕孤村。　　销魂。当此际,香囊暗解,罗带轻分⑥。谩赢得青楼,薄幸名存⑦。此去何时见也？襟袖上、空惹啼痕。伤情处,高城望断,灯火已黄昏。

注释

① 这首词作于元丰二年(1079),虽是写情人的离别,但作者并没有就一时一境而发,而是隐含着很深的身世之感。
② "山抹"二句:围绕山峦的云彩就像轻抹上去一般,枯衰的野草连接着遥远的天边。
③ 谯门:即谯楼,城上瞭望的楼。
④ 共引离尊:离别之际一同举杯畅饮。
⑤ 蓬莱旧事:胡仔《苕溪隐隐丛话》引《艺苑雌黄》载:"程公辟守会稽,少游客焉,馆之蓬莱阁。一日,席上有所悦,自尔眷眷不能忘情,因赋长短句。所谓'多少蓬莱旧事,空回首、烟霭纷纷'也。"蓬莱,即会稽蓬莱阁,旧址在今浙江绍兴。
⑥ "香囊"二句:谓我悄悄地解下香囊送给她,她轻轻地解开罗带赠予我,作为临别的纪念。
⑦ "谩赢得"二句:化用杜牧《遣怀》诗:"十年一觉扬州梦,赢得青楼薄幸名。"谩,徒然,空自。

满庭芳（山抹微云）

辑评

晁无咎云：比来作者，皆不及秦少游。如"斜阳外，寒鸦万点，流水绕孤村"，虽不识字人，亦知是天生好言语也。（赵令畤《侯鲭录》引）

李攀龙云：回首处，斜阳远眺，情何殷也！伤情处，黄昏独坐，情难遣矣。　　又云：少游叙旧事，有"寒鸦"、"流水"之语，已令人赏目赏心。至下"襟袖"、"啼痕"，只为秦楼薄幸，情思迫切。坡公最爱此词。（《草堂诗馀隽》）

贺贻孙云：余谓此语在隋炀帝诗中，只属平常，入少游词，特为妙绝。盖少游之妙，在"斜阳外"三字，见闻空幻。又"寒鸦"、"流水"，炀帝以五言划为两景，少游用长短句错落，与"斜阳外"三景合为一景，遂如一幅佳图。此乃点化之神，必如此，乃可用古语耳。（《诗筏》）

周济云：将身世之感打并入艳情，又是一法。（《宋四家词选》）

陈廷焯云：起势炼字炼句，画所不到，秦学士尽有独步处。情词双绝，东坡、耆卿皆不能及。（《云韶集》）　　又云：诗情画景，情词双绝。此词之作，其在坐贬后乎？（《词则·大雅集》）

俞陛云云：起三句写凉秋风物，一片萧飒之音，已隐含离思。四、五句叙明停鞭饯别，此后若接写别离，便落恒径。作者用拓宕之笔，追怀往事，局势振起，且不涉儿女语而托之蓬岛烟云，尤见超逸。"斜阳外"三句传神绵渺，向推隽咏。下阕纯叙离情。结笔反棹归来，登城遥望征帆，已隔数重烟浦，阑珊灯火，只溢人

悲耳。(《唐五代两宋词选释》)

　　唐圭璋云:此首写别情,缠绵悽惋。"山抹"两句,写别时所见景色,已是堪伤。"画角"一句,写别时所闻,愈加肠断。"暂停"两句,写饯别。"多少"两句,写别后之思念。"多少"句一开,"空回首"句一合。旧事无踪,但见烟霭纷纷,感喟曷极。"斜阳外"三句,更就眼前郊景描写,想见断肠人在天涯之苦况。下片,离怀万种,愈思愈悲。"销魂"二字一顿。"香囊"句,叹分别之易。"谩赢得"句,叹负人之深。"此去"句一开,"襟袖"句一合,叹相见之难。"伤情处"三字一顿,唤起下两句。"高城"两句,以景结,回应"谯门",伤情无限。(《唐宋词选释》)

满庭芳①

　　红蓼花繁②,黄芦叶乱③,夜深玉露初零④。霁天空阔⑤,云淡楚江清⑥。独棹孤篷小艇,悠悠过、烟渚沙汀⑦。金钩细,丝纶慢卷⑧,牵动一潭星。　　时时,横短笛,清风皓月,相与忘形⑨。任人笑生涯,泛梗飘萍⑩。饮罢不妨醉卧,尘劳事、有耳谁听⑪?江风静,日高未起,枕上酒微醒。

注释

① 这首词指写渔父超然物外、悠闲自得的生活,隐隐地透露出自己游宦的失意。

② 红蓼:草名,多生于水边,花色淡红。

③ 黄芦:芦苇。

④ 玉露初零:露水初降。玉露,晶莹如玉的露珠。

⑤ 霁天:雨后天晴。这里指晨雾消散的晴空。

⑥ 楚江:战国时楚国占有我国南方大部分土地,所以古人便泛称我国南方的河流为楚江,南方的天空为楚天。

⑦ 烟渚:雾气弥漫的小洲。沙汀:水边沙地。

⑧ 丝纶慢卷:慢慢地收卷起钓线。

⑨ 忘形:不拘形迹。

⑩ 泛梗飘萍:比喻人生之漂泊不定。

⑪ 尘劳事:人间劳累身心之事。

辑评

　　李攀龙云:一丝牵动一潭星,惊人语也。眠风醉月渔家乐,洵不可谖。　　又云:值秋宵之景,驾一叶扁舟于凫渚鸥汀之中,潇洒脱尘,有嚣嚣然自得之意。(《草堂诗馀隽》)

　　陈廷焯云:警绝。(《词则·大雅集》)

满庭芳①

碧水惊秋，黄云凝暮②，败叶零乱空阶。洞房人静，斜月照徘徊③。又是重阳近也，几处处，砧杵声催④。西窗下，风摇翠竹，疑是故人来。　　伤怀，增怅望⑤，新欢易失，往事难猜。问篱边黄菊，知为谁开⑥？谩道愁须殢酒⑦，酒未醒、愁已先回。凭栏久，金波渐转⑧，白露点苍苔。

注释

① 此词抒写秋感，当是被谪郴州时作。
② "碧水"二句：秋水碧绿，给人以丝丝凉意；黄云凝聚，更显得暮色茫茫。
③ "斜月"句：月影徘徊不定。
④ 砧杵(zhēn chǔ)声：即捣衣声。砧，捣衣石。杵，捣衣棒。
⑤ 怅望：烦恼的情绪。
⑥ "问篱边"二句：写思念故乡之情。杜甫《秋兴八首》之一："丛菊两开他日泪，孤舟一系故园心。"
⑦ "谩道"句：所谓的借酒消愁都是骗人的话。谩道，徒说。殢(tì)，困扰，沉溺。
⑧ 金波渐转：言夜已渐深。金波，即月光。

辑评

沈际飞云：(上阕)经少游手随分铺写，定尔闲雅高适。("谩道"三句)此意道过矣，萦人不休。(《草堂诗馀正集》)

李攀龙云：待月迎风，情怀如诉。酒堪破愁，真愁非酒能破。

又云：托意高远，措词洒脱，而一种秋思，都为故人。辗转诵者，当领之言先。(《草堂诗馀隽》)

黄苏云：亦应是在谪时作。"风摇"二句，写得蕴藉，非故人也，风也，能弗黯然。"酒未醒、愁已先回"，意亦曲而能达，结句清远。(《蓼园词选》)

江城子①

西城杨柳弄春柔②，动离忧，泪难收。犹记多情曾为系归舟③。碧野朱桥当日事④，人不见，水空流。　韶华不为少年留⑤，恨悠悠，几时休？飞絮落花时候一登楼。便做春江都是泪，流不尽，许多愁⑥。

注释

① 这是一首怀人之作。上片触景生情，下片融入身世之感。

② 西城:这里系泛指离别之地。弄春柔:形容柳枝在春风中飘舞。
③ "犹记"句:言杨柳曾经多情地挽系归舟。
④ 碧野朱桥:指游乐之地。
⑤ 韶华:青春年华。
⑥ "便做"三句:从李煜《虞美人》"问君能有几多愁?恰似一江春水向东流"变化而来。

辑评

沈际飞云:前结似谢,后结似苏,易其名,几不能辨。李后主"问君能有几多愁,恰似一江春水向东流",少游翻之,文人之心,浚于不竭。(《草堂诗馀正集》)

李攀龙云:只为人不见,转一番思。种种景,种种情,如怨如诉。 又云:碧野朱桥,正是离别之处。"飞絮落花"言其景,"春江"二句言其情也。(《草堂诗馀隽》)

陈廷焯云:"飞絮"九字凄咽。以下尽情发泄,却终未道破。(《词则·大雅集》)

俞陛云云:结尾二句与李后主之"恰似一江春水向东流"、徐师川之"门外重重叠叠山,遮不断愁来路",皆言愁之极致。(《唐五代两宋词选释》)

邵祖平云:此词情致缠绵,声调流美,每一诵之,不能自已!(《词心笺评》)

江城子①

南来飞燕北归鸿②,偶相逢,惨愁容。绿鬓朱颜重见两衰翁③。别后悠悠君莫问,无限事,不言中。

小槽春酒滴珠红④,莫匆匆,满金钟⑤。饮散落花流水各西东。后会不知何处是,烟浪远,暮云重。

注释

① 元符三年(1100),苏轼由海南迁廉州(今广西合浦)安置,六月渡海至雷州(今广东海康),与两年前被贬此地的秦观相会。此词便是记两人的久别重逢。
② 南来飞燕:系词人自比。北归鸿:喻苏轼北还。
③ 绿鬓朱颜:言两人当年风华正茂。绿鬓,黑发。两衰翁:其时苏轼六十五岁,秦观五十三岁。
④ "小槽"句:苏轼《浣溪沙》词有"小槽春酒滴真珠"句。小槽,盛酒器。珠红,形容酒滴晶莹。
⑤ 金钟:华丽的酒杯。

辑评

陈廷焯云:亦疏落,亦沉郁。(《词则·别调集》)

江城子①

枣花金钏约柔荑②,昔曾携,事难期③。咫尺玉颜和泪锁春闺④。恰似小园桃与李,虽同处,不同枝。　　玉笙初度颤鸾篦⑤,落花飞,为谁吹?月冷风高此恨只天知。任是行人无定处⑥,重相见,是何时?

注释

① 该词怀念曾经近在咫尺却始终都无法在一起的女子。
② "枣花"句:言伊人纤白的手腕上戴着刻有枣花图案的金镯。钏(chuàn),手镯。柔荑(tí),嫩白的茅草。此喻女子纤纤玉手。《诗·卫风·硕人》:"手如柔荑,肤如凝脂。"
③ 携:携手。期:预料。
④ "咫尺"句:谓两人虽近在咫尺,却无法相见,伊人在深闭的春闺中暗自掉泪。玉颜,美玉般的容颜。
⑤ "玉笙"句:刚开始吹奏玉笙,头上的鸾形篦梳也随着乐曲微微颤动起来。度,吹奏。
⑥ "任是"句:犹言自己今后将行踪不定。

满园花[1]

一向沉吟久[2],泪珠盈襟袖。我当初不合苦捔就[3],惯纵得软顽,见底心先有[4]。行待痴心守,甚捻着脉子,倒把人来僝僽[5]。　　近日来非常罗皂丑[6],佛也须眉皱[7]。怎掩得众人口[8]?待收了孛罗,罢了从来斗[9]。从今后,休道共我,梦见也、不能得勾[10]。

注释

① 这首词用当时的方言俗语写情人间的爱情纠葛。

② 一向:一直。沉吟:思量。

③ 不合:不应该。苦捔(ruán)就:太迁就。

④ "惯纵"二句:把你娇惯得只知道耍赖,结果是无所不为。惯纵,纵容。软顽,撒娇。见底心先有,犹言见什么就想要什么。

⑤ "行待"三句:意谓我本痴心地想与你长相厮守,你知道了我的心思,却经常做出惹我生气的事。行待,打算。捻着脉子,指医生切脉。这里引申为了解了我的心思。僝僽(chán zhòu),折磨,怄气。

⑥ 罗皂丑:指大伤感情的吵吵闹闹。罗皂,即罗唣,吵闹,纠缠。

⑦ "佛也"句:即使是慈悲的菩萨也难以忍受。

⑧ "怎掩"句:怎禁止得住别人的议论纷纷。
⑨ "待收"二句:宋元时有俗语"收了孛罗罢了斗",意为断念与绝望。这里是从此罢休的意思。孛(bèi)罗,圆形竹篮。
⑩ "从今后"三句:从今以后,你休想再见到我,就是在梦中也不让你相见。勾,通够。

辑评

沈际飞云:语不经,却津津然。(《草堂诗馀别集》)

徐渭云:浑似元人杂剧口吻。(徐渭评本《淮海集》)

卓人月云:鄙野不经之谈,偏饶雅韵。(《古今词统》)

沈谦云:秦少游"一向沉吟久",大类山谷《归田乐引》,铲尽浮词,直抒本色,而浅人常以雕绘傲之。此等词极难作,然亦不可多作。(《填词杂说》)

卷中

迎春乐①

菖蒲叶叶知多少②,惟有个、蜂儿妙。雨晴红粉齐开了③,露一点、娇黄小④。　　早是被、晓风力暴⑤。更春共、斜阳俱老。怎得香香深处,作个蜂儿抱⑥?

注释

① 这是一首言情之作。词人从美景易逝、从蜂儿抱花采蜜生发出与伊人共享美妙爱情的渴望。
② 菖蒲:草名,生于水边,花淡黄,根可入药。
③ 红粉:红花。
④ 娇黄小:指蜜蜂。因其色黄而小,故云。
⑤ 力暴:猛烈地吹。暴,疾。
⑥ "怎得"二句:言何时我也能像蜂儿抱香采蜜一样,搂抱伊人。香香,花香。

辑评

沈际飞云:巧妙微透,不厌百回读。(《草堂诗馀别集》)

彭孙遹云:柳耆卿"欲傍金笼教鹦鹉,念粉郎言语",《花间》之丽句也。辛稼轩"蓦然回首,那人却在灯火阑珊处",秦、周之佳境也。少游"怎得香香深处,作个蜂儿抱",亦近似柳七语矣。

(《金粟词话》)

沈雄云:谀媚之极,变为秽亵。秦少游"怎得香香深处,作个蜂儿抱",柳耆卿"愿得妳妳兰心蕙性,枕前言下,表余深意",所以"销魂,当此际",来苏长公之诮也。(《古今词话·词品》)

陈廷焯云:读古人词,贵取其精华,遗其糟粕。且如少游之词,几夺温、韦之席,而亦未尝无纤俚之语。读《淮海集》,取其大者、高者可矣,若徒赏其"怎得香香深处,作个蜂儿抱"等句(此语彭羡门亦赏之,以为近似柳七语。尊柳抑秦,匪独不知秦,并不知柳,可发大噱),则与山谷之"女边著子","门里安心",其鄙俚纤俗,相去亦不远矣。少游真面目何由见乎?(《白雨斋词话》)

鹊桥仙①

纤云弄巧,飞星传恨②,银汉迢迢暗度③。金风玉露一相逢④,便胜却人间无数。　　柔情似水,佳期如梦,忍顾鹊桥归路⑤。两情若是久长时,又岂在朝朝暮暮。

注释

① 此词借牛郎织女七夕鹊桥相会的传说,歌颂纯洁永恒的

爱情。

② "纤云"二句：纤细的云彩变幻着奇巧，闪烁的流星传递着怨恨。弄巧，旧时七夕有乞巧的风俗，故又称乞巧节。这里的"巧"字就暗喻了七夕佳节。

③ "银汉"句：织女星在银河之北，牵牛星在银河之南。农历七月，两星相距最近。所以古人就有这对牛郎织女夫妇每年七月初七夜晚才能相会的传说。这一天，喜鹊在银河上架起长桥，让他们渡河相会。

④ 金风玉露：秋风白露之时。

⑤ "忍顾"句：怎么忍心回顾相聚的鹊桥。

辑评

李攀龙云：相逢胜人间，会心之语。两情不在朝暮，破格之谈。七夕歌以双星会少别多为恨，独少游此词谓"两情若是久长"二句，最能醒人心目。（《草堂诗馀隽》）

卓人月云：（末句）数见不鲜，说得极是。（《古今词统》）

黄苏云：七夕歌，以双星会少别多为恨。少游此词，谓"两情若是久长"，不在"朝朝暮暮"，所谓化臭腐为神奇。凡咏古题，须独出新裁，此固一定之论。少游以坐党［籍］被谪，思君臣际会之难，因托双星以写意；而慕君之念，婉恻缠绵，令人意远矣。（《蓼园词选》）

夏孙桐云：七夕词最难作，宋人赋此者，佳作极少，惟少游一词可观，晏小山《蝶恋花》赋七夕尤佳。（俞陛云《唐五代两宋词

选释》引)

张伯驹云:前结"金风玉露一相逢,便胜却人间无数",后结"两情若是久长时,又岂在朝朝暮暮",为七夕词者,皆当低首。(《丛碧词话》)

俞平伯云:牛女虽一年一度,毕竟地久天长;人世虽朝朝暮暮,却百年顷刻。(《唐宋词选释》)

菩萨蛮①

虫声泣露惊秋枕②,罗帏泪湿鸳鸯锦③。独卧玉肌凉,残更与恨长。　　阴风翻翠幔④,雨涩灯花暗⑤。毕竟不成眠,鸦啼金井寒。

注释

① 这首词描写闺妇秋夜的孤寂情怀。
② "虫声"句:谓寒虫在霜露中的泣鸣声惊觉了枕上人。
③ 罗帏:这里指罗帐。鸳鸯锦:绣有鸳鸯的锦被。
④ 阴风:寒风。翠幔:这里指碧绿色的窗帷。
⑤ 雨涩:形容秋雨绵绵。绵绵细雨令人不爽,故称。

菩萨蛮（虫声泣露惊秋枕）

辑评

沈际飞云:"涩"字妙。"毕竟不成眠",斩截痛快。(《草堂诗馀正集》)

李攀龙云:惟其恨长,是以眠为不成。 又云:点缀处最是针门一线,洵是天孙妙手。(《草堂诗馀隽》)

徐渭云:语少情多。(徐渭评本《淮海集》)

卓人月云:"毕竟"二字,写尽一夜之辗转。(《古今词统》)

陆云龙云:苦境。(《词菁》)

俞陛云云:清丽为邻,且余韵不尽,颇近五代词意。(《唐五代两宋词选释》)

减字木兰花[①]

天涯旧恨[②],独自凄凉人不问。欲见回肠,断尽金炉小篆香[③]。　　黛蛾长敛[④],任是春风吹不展。困倚危楼,过尽飞鸿字字愁[⑤]。

注释

① 此词写闺妇春怨,诉离别之苦。
② 天涯:所思之人远在天涯。旧恨:指内心的种种怨苦。

秋容老尽芙蓉院堂上霜花
句似剪西楼径坐酒杯深风压
槛帘香不捲玉纤慵整银筝雁
红袖时笼金鸭暖寒辇一夕
妻西风偶有春红留醉脸
偶书少游词虎申六月舟行
水步江中乘风卷生有偶生欲
书之尔 玄草识

木兰花（秋容老尽芙蓉院）

③ "欲见"二句:如果想要知道我愁肠百转的情状,就去看看金炉中的篆香吧。回肠,喻愁肠郁结。篆香,形状回环似篆文的盘香。
④ 黛蛾长敛:双眉紧锁。黛蛾,指女子之眉。黛,一种青黑色的颜料,古代女子用以画眉。蛾,蚕蛾的触须细长而曲,故借以形容女子之眉。
⑤ 字字愁:鸿雁飞行时,常排列成"人"字形,故见而生愁。

辑评

俞陛云云:"回肠"二句及"黛蛾"二句寻常之意,以曲折之笔写出,便生新致。结句含蕴有情。(《唐五代两宋词选释》)

唐圭璋云:此首一气舒卷,语特沉着。起两句,言独处凄凉。次两句,言怀人之切。就眼前炉香之曲曲,以喻柔肠之曲曲。下片两句,言愁眉难展。"困倚"两句,叹人去无信,断尽炉香,过尽飞鸿,皆愁极伤极之语。(《唐宋词简释》)

木兰花①

秋容老尽芙蓉院②,草上霜花匀似剪③。西楼促坐酒杯深④,风压绣帘香不卷⑤。　　玉纤慵整银筝雁⑥,红袖时笼金鸭暖⑦。岁华一任委西风,独有春红留醉脸⑧。

注释

① 此词乃席上所作,写一位歌女的弹筝劝酒,同时透露了自己岁月蹉跎的惆怅。
② 秋容:秋色。芙蓉院:栽有木芙蓉的院落。
③ 匀似剪:言霜花十分均匀,好似剪裁而成。
④ 促坐:靠近而坐。酒杯深:指饮酒多。
⑤ 香不卷:谓室内香气弥漫。
⑥ 玉纤:喻女子纤细的手指。慵整:慢慢拨弄。银筝雁:古筝上的银饰弦柱。雁,言弦柱斜列如雁阵。
⑦ 金鸭:鸭形的暖手炉,可笼在袖中。
⑧ 春红:酒后脸上的红晕。

辑评

沈际飞云:有诗云:"醉脸虽红不是春。"两存之。(《草堂诗馀正集》)

陈廷焯云:顽艳中有及时行乐之感。(《词则·闲情集》)

画堂春[1]

落红铺径水平池[2],弄晴小雨霏霏[3]。杏园憔悴杜鹃啼[4],无奈春归。 柳外画楼独上,凭阑手捻花枝[5]。 放花无语对斜晖,此恨谁知?

注释

[1] 此词抒写惆怅情怀。约作于元丰五年(1082)落第之后。
[2] 落红:落花。水平池:水满池塘。
[3] "弄晴"句:指晴天飘雨的天气。
[4] 杏园憔悴:暗含落第之意。杏园,唐代著名园林,位于长安曲江池畔,为新中进士游宴之地。杜牧《杏园》诗云:"莫怪杏园憔悴去,满城多少插花人。"杜鹃:即杜鹃鸟,又名子规,鸣声悲苦。
[5] 捻(niǎn):用手揉搓。

辑评

沈际飞云:(末句)此恨亦知不得。(《草堂诗馀正集》)

李攀龙云:春归无奈,深情可掬。谁知此恨,何等幽思!

又云:写出闺怨,真情俱在,末语迫真。(《草堂诗馀隽》)

徐渭云:(末句)不知心恨谁。(徐渭评本《淮海集》)

沈谦云:填词结句,或以动荡见奇,或以迷离称隽,著一实

画堂春（落红铺径水平池）

语,败矣。康伯可"正是销魂时候也,撩乱花飞",晏叔原"紫骝认得旧游踪,嘶过画桥东畔路",秦少游"放花无语对斜晖,此恨谁知",深得此法。(《填词杂说》)

黄苏云:一篇主意,只是时已过,而世少知己耳,说来自娟秀无匹。末二句尤为切挚。花之香,比君子德之芳也,所以"手捻"者以此,所以"无语"而"对斜晖"者以此。既无人知,惟自爱自解而已。语意含蓄,清气远出。(《蓼园词选》)

千秋岁[①]

水边沙外,城郭春寒退。花影乱,莺声碎[②]。飘零疏酒盏,离别宽衣带[③]。人不见,碧云暮合空相对[④]。　忆昔西池会[⑤],鹓鹭同飞盖[⑥]。携手处,今谁在?日边清梦断[⑦],镜里朱颜改[⑧]。春去也,飞红万点愁如海。

注释

① 绍圣元年(1094)三月,秦观因朝廷党争而受牵连,由京城外放杭州。相隔一月,又从杭州贬到处州(今浙江丽水)。此词作于到达处州的第二年春天,抒发了谪居之愁。

② "花影乱"二句:语出杜荀鹤《春宫怨》诗:"风暖鸟声碎,日高花影重。"
③ "飘零"二句:言漂泊离别而无心饮酒,日渐消瘦。疏,疏远。
④ "人不见"二句:从江淹《休上人怨别》诗"日暮碧云合,佳人殊未来"化出。
⑤ 西池:汴京金明池,在顺天门街北,为游览胜地。会:聚会。此指元祐七年(1092)三月上巳秦观等二十六人在金明池宴集之事。
⑥ 鹓(yuān)鹭:借喻朝官之行列整齐有序有如天空中排列飞行的鹓鸟与白鹭。飞盖:疾行的车辆。盖,车篷。
⑦ 日边:指京城。清梦:美梦。
⑧ 朱颜改:指自己红润的容貌已变得憔悴。

辑评

陈郁云:太白云:"请君试问东流水,别意与之谁短长。"江南李后主曰:"问君还有几多愁,恰似一江春水向东流。"略加融点,已觉精彩。至寇莱公则谓"愁情不断如春水",少游云"落红万点愁如海",青出于蓝而胜于蓝矣。(《藏一话腴》)

沈际飞云:(结句)直用"一江春水向东流"意,而以"海"易"江",裁长作短,人自莫觉。王平甫之子云"今语例袭陈言,但能转移",太难为作者。(《草堂诗馀正集》)

卓人月云:悲歌未终,能使琴人舍徵,笛人破竹。(《古今词统》)

千秋岁（水边沙外）

先著云:"春去也"三字,要占胜。前面许多攒簇在此收煞。"落红万点愁如海"七字,衔接得力,异样出精彩。(《词洁》)

黄苏云:此乃少游谪虔州思京中友人而作也。起从虔州写起,自写情怀落寞也。"人不见",即指京中友,故下阕直接"忆昔"四句。"日边",北京友也。"梦断"、"颜改"、"愁如海",俱自叹也。(《蓼园词选》)

沈祥龙云:词虽有浓丽而乏趣味者,以其但作情景两分语,不知作景中有情、情中有景语耳。"雨打梨花深闭门"、"落红万点愁如海",皆情景双绘,故称好句而趣味无穷。(《论词随笔》)

夏孙桐云:此词以"愁如海"一语生色,全体皆振,乃所谓警句也。如玉田所举诸句,能似此者甚罕。(俞陛云《唐五代两宋词选释》引)

踏莎行①

雾失楼台,月迷津渡②,桃源望断无寻处③。可堪孤馆闭春寒,杜鹃声里斜阳暮。　　驿寄梅花,鱼传尺素,砌成此恨无重数④。郴江幸自绕郴山,为谁流下潇湘去⑤。

注释

① 绍圣三年(1096),秦观在监处州(今浙江丽水)酒税的位上,再遭贬谪,远徙郴州(今湖南郴县),并被削去所有官爵。此词作于抵达郴州的第二年春天,表达了屡遭贬谪的失望伤心情怀。

② 津渡:水边的渡船码头。

③ 桃源:桃花源,晋陶渊明《桃花源记》中虚构的避世仙境,并假云其地在武陵。武陵地近郴州。

④ "驿寄"三句:谓来自远方亲朋好友的赠品与书信,虽能慰藉一时之愁,但也带来了无尽的离恨。驿寄梅花,据《荆州记》载,南朝宋陆凯与范晔友善,自江南寄梅花给远在长安的范晔,并赠诗云:"折梅逢驿使,寄与陇头人。"尺素,书信。古诗《饮马长城窟行》:"客从远方来,遗我双鲤鱼。呼儿烹鲤鱼,中有尺素书。"

⑤ "郴(chēn)江"二句:以郴水本自围绕郴山,竟流向潇湘而去,比喻自己离开故国,四处漂泊的命运。幸自,本来是。潇湘,湘水在湖南零陵西和潇水会合,称为潇湘。

辑评

沈际飞云:少游坐党籍,安置郴州,谓郴江与山相守,而不能不流,自喻最悽切。(《草堂诗馀正集》)

王士祯云:"郴江幸自绕郴山,为谁流下潇湘去",千古绝唱。

踏莎行（雾失楼台）

秦殁后,坡公常书此于扇云:"少游已矣,虽万人何赎!"高山流水之悲,千载而下,令人腹痛。(《花草蒙拾》)

黄苏云:少游坐党籍,安置郴州,首一阕是写在郴,望想玉堂天上,如桃源不可寻,而自己意绪无聊也。次阕言书难达意,自己同郴水自绕郴山,不能下潇湘以向北流也。语意凄切,亦自蕴藉,玩味不尽。"雾失"、"月迷",总是被谗写照。(《蓼园词选》)

王国维云:有有我之境,有无我之境。"泪眼问花花不语,乱红飞过秋千去","可堪孤馆闭春寒,杜鹃声里斜阳暮",有我之境也。"采菊东篱下,悠然见南山","寒波澹澹起,白鸟悠悠下",无我之境也。有我之境,以我观物,故物皆著我之色彩。无我之境,以物观物,故不知何者为我,何者为物。(《人间词话》)

陈匪石云:盖自写羁愁,造境既佳,造语尤隽永有味,实从晏氏父子出者。(《宋词举》)

唐圭璋云:此首写羁旅,哀怨欲绝。起写旅途景色,已有归路茫茫之感。"可堪"两句,景中见情,精深高妙。所处者"孤馆",所感者"春寒",所闻者"鹃声",所见者"斜阳",有一于此,已令人生愁,况并集一时乎。不言愁而愁自难堪矣。下片,言寄梅传书,致其相思之情。无奈离恨无数,写亦难罄。末引"郴江"、"郴山",以喻人之分别,无理已极,沉痛已极,宜东坡爱之不忍释也。(《唐宋词简释》)

蝶恋花①

晓日窥轩双燕语②,似与佳人,共惜春将暮。屈指艳阳都几许③,可无时霎闲风雨④。　　流水落花无问处⑤,只有飞云,冉冉来还去⑥。持酒劝云云且住,凭君碍断春归路⑦。

注释

① 这是一首伤春之作。
② 晓日窥轩:初升的太阳悄悄地照进窗户。
③ 艳阳:指春光。都几许:总计还有多少。都,算来。
④ "可无"句:更何况还有接连不断的风雨来袭呢。可无,岂无。时霎,即霎时、片刻之意。闲,犹空,引申为间断。
⑤ 流水落花:指逝去的春天。李煜《浪淘沙》词:"流水落花春去也,天上人间。"
⑥ 冉冉:缓缓飞动。
⑦ 凭:凭借,依靠。

辑评

沈际飞云:(起句)刻削。(结语)凿空奇语。(《草堂诗馀续集》)

钱允治云:闲风闲雨,固不如浮云之碍高楼也。(《类编笺释

续选草堂诗馀》)

俞平伯云:流水落花既不可问,难道飞云就可问么?浮云是最虚飘飘的,又岂能凭他遮住春的归路呢。全篇悲凉,却用微婉语写出。(《唐宋词选释》)

一落索①

杨花终日空飞舞,奈久长难驻②。海潮虽是暂时来,却有个堪凭处③。　　紫府碧云为路,好相将归去④。肯如薄幸五更风,不解与花为主⑤。

注释

① 这首词抒写闺妇对薄情男子的怨恨。
② "杨花"二句:以杨花忽东忽西,终日飘舞,喻男子之用情不专。
③ "海潮"二句:言海潮来时虽然短暂,却不会失信,而人却靠不住。化用李益《江南曲》:"嫁得瞿塘贾,朝朝误妾期。早知潮有信,嫁与弄潮儿。"
④ "紫府"二句:写女子对幸福生活的期盼。紫府,神仙居所。相将,相共,一起。

⑤ "肯如"二句：系女子对男子的抱怨，意谓你怎么能像不解风情的五更风吹落春花一样将我抛弃。肯如，岂如。薄幸，薄情。

丑奴儿①

夜来酒醒清无梦②，愁倚阑干。露滴轻寒③，雨打芙蓉泪不干④。　　佳人别后音尘悄⑤，瘦尽难拚⑥。明月无端，已过红楼十二间⑦。

注释

① 此词写月夜的离情别绪。
② 清：这个"清"字，既是说环境的清冷，也是写内心的孤寂。
③ 露滴轻寒：露珠不时滴落，带来丝丝寒意。
④ "雨打"句：言留在荷花上的雨滴就像留在离人脸上的泪水。芙蓉，荷花的别称，常用来喻美人面，如白居易《长恨歌》："芙蓉如面柳如眉，对此如何不泪垂。"
⑤ 音尘悄：音信渺茫。
⑥ 瘦尽难拚(pàn)：虽因相思而消瘦，但还是难以割舍这份思念。拚，舍弃。

⑦ "明月"二句：无情的明月又匆匆转过了红楼。无端，无故，没来由。红楼十二间，传说中的神仙居处，这里指一排排的华美楼房。

辑评

沈际飞云："瘦尽难拚"，切情。忽有此境，不是语言文字。（《草堂诗馀续集》）

钱允治云：芙蓉经雨，清泪如滴，离恨可知。（《类编笺释续选草堂诗馀》）

南乡子①

妙手写徽真②，水剪双眸点绛唇③。疑是昔年窥宋玉，东邻，只露墙头一半身④。　　往事已酸辛，谁记当年翠黛颦⑤？尽道有些堪恨处，无情，任是无情也动人⑥。

注释

① 这是一首题画词，画面是为情殉身的唐代歌妓崔徽的半身像。约作于元丰元年(1078)。

② 妙手:高明的画师。写徽真:为崔徽画像。
③ "水剪"句:形容崔徽双眼水灵,双唇红润。绛唇,红唇。
④ "疑是"三句:宋玉在《登徒子好色赋》中说,东邻家有个美女,登墙看了我三年,但我依然没有动心。这里以东邻美女形容崔徽的漂亮与多情。一半身,点明此画为半身像。
⑤ "往事"二句:据元稹《崔徽歌并序》说,裴敬中出使蒲州(今山西永济)时,与歌妓崔徽有过一段恋情。敬中使还,崔徽以不得相从为恨,忧愁而死。"往事"便是指这一段经历。翠黛,眉毛。颦(pín),皱眉。
⑥ "尽道"三句:意谓凡是见过这幅画像的人都说此画的遗憾之处在没能画出她的感情,不过我认为,这也没什么可恨的。她那无情的模样也很动人啊!末句出自罗隐《牡丹花》诗:"若教解语应倾国,任是无情亦动人。"

醉桃源①

碧天如水月如眉②,城头银漏迟③。绿波风动画船移,娇羞初见时。　　银烛暗,翠帘垂,芳心两自知。楚台魂断晓云飞④,幽欢难再期。

注释

① 此词记作者年轻时与情人的一次幽会。
② 碧天如水:夜空清澄如水。
③ "城头"句:写夜晚的宁静。银漏,古代的一种计时器,多以铜制,以滴水的刻度来报时辰。迟,徐缓。
④ "楚台"句:用楚王高唐梦见巫山神女的典故暗喻欢爱后的离别之恨。宋玉《高唐赋序》云:"昔者先王尝游高唐,怠而昼寝,梦见一妇人。曰:'妾巫山之女也,为高唐之客。闻君游高唐,愿荐枕席。'王因幸之。去而辞曰:'妾在巫山之阳,高丘之阻,旦为朝云,暮为行雨,朝朝暮暮,阳台之下。'"晓云,即朝云。

河 传①

乱花飞絮,又望空斗合,离人愁苦②。那更夜来③,一霎薄情风雨。暗掩将,春色去④。　篱枯壁尽因谁做⑤?若说相思,佛也眉儿聚⑥。莫怪为伊,底死萦肠惹肚?为没教,人恨处⑦。

注释

① 这首词在伤春之情中寓含了自己对仕途险恶的感慨。

② "乱花"三句：落花与飞絮在空中凑合在一起，似乎是在为离人营造一幅愁苦的情景。望空，向空中。斗合，宋代俗语，意为拼合。

③ 那更：更那堪、更何况之意。

④ "暗掩将"二句：暗中将春色收拾而去。掩将，收拾。

⑤ 篱枯壁尽：语出《世说新语·排调》，指家园中的花木已经枯萎凋落。李汉老《汉宫春》词："雪打风吹，正篱落壁尽，却有寒梅。"因谁做：是为了谁。这一句的意思是说，万物枯荣，全然不管人之感情。

⑥ 佛也眉儿聚：以佛也愁眉不展写相思之苦状。

⑦ "莫怪"四句：意谓不要怪我为了她老是牵肠挂肚，念念不忘，因为她让我无处不爱。底死，总是，终究。

河 传①

恨眉醉眼②，甚轻轻觑着③，神魂迷乱。常记那回，小曲阑干西畔。鬓云松，罗袜刬④。　丁香笑吐娇无限⑤，语软声低⑥，道我何曾惯。云雨未谐⑦，早被东风吹散。闷损人⑧，天不管。

注释

① 此词记一次幽会的情景。

② 恨眉醉眼:形容女子眉目间传情的眼神。

③ 甚:正。觑(qù):看。

④ 罗袜刬(chǎn):只穿着袜子行走。刬,仅,只。李煜《菩萨蛮》词:"刬袜步香阶,手提金缕鞋。"

⑤ 丁香:植物名,因其形似鸡舌,又名"鸡舌香"。这里代指女子舌。李煜《一斛珠》词:"向人微露丁香颗,一曲清歌,暂引樱桃破。"

⑥ 语软:语声娇柔。

⑦ 云雨:喻男女之欢合。语出宋玉《高唐赋》,见本书《醉桃源》(碧天如水月如眉)词注④。

⑧ 闷损人:闷坏了人。

浣溪沙①

漠漠轻寒上小楼②,晓阴无赖似穷秋③,淡烟流水画屏幽。　　自在飞花轻似梦,无边丝雨细如愁,宝帘闲挂小银钩④。

注释

① 这是一首伤春词。上片写自己为阴沉的天气而恼恨,下片以落花细雨表现自己幽渺的情思。

② 漠漠:弥漫的样子。

③ 晓阴:清晨阴晦的天气。无赖:憎恶、讨嫌之言。这里是说晓阴不可人意。穷秋:深秋。

④ 宝帘:华美的珠帘。

辑评

卓人月云:"自在"二语,夺南唐席。(《古今词统》)

陈廷焯云:宛转幽怨,温、韦嫡派。(《词则·大雅集》)

俞陛云云:清婉而有余韵,是其擅长处。此调凡五首,此首最胜。(《唐五代两宋词选释》)

王国维云:境界有大小,不以是而分优劣。"细雨鱼儿出,微风燕子斜",何遽不若"落日照大旗,马鸣风萧萧";"宝帘闲挂小银钩",何遽不若"雾失楼台,月迷津渡"也。(《人间词话》)

邵祖平云:此词情中有景,景中有情。轻寒,晓阴,穷秋,飞花,淡烟,属之天事者也;小楼,画屏,宝帘,银钩,属之人为者也。观其配置极自然,色调极匀和,此秦淮海可继轨李后主者。(《词心笺评》)

俞平伯云:全篇不甚分析层次,亦不写人物,而伊人宛在,情踪自见。末借挂起帘栊一点,用笔极轻淡,却收束正好,意境仿

佛李璟词"手卷真珠上玉钩",惟彼作起笔,此乃结语耳。(《唐宋词选释》)

唐圭璋云:此首,景中见情,轻灵异常。上片起言登楼,次怨晓阴,末述幽境。下片两对句,写花轻雨细,境更微妙。"宝帘"一句,唤醒全篇。盖有此一句,则帘外之愁境及帘内之愁人,皆分明矣。(《唐宋词简释》)

浣溪沙①

香靥凝羞一笑开②,柳腰如醉暖相挨③,日长春困下楼台④。　　照水有情聊整鬓,倚栏无绪更兜鞋⑤,眼边牵系懒归来⑥。

注释

① 这首词刻画一个女子春困无聊的情状。
② 靥(yè):脸上的酒窝。凝羞:含羞。
③ "柳腰"句:以柳条如醉酒般摇摆不定,形容女子腰肢的纤细袅娜。
④ 春困:人在春天所出现的慵懒困倦。
⑤ 兜鞋:用手提起脱落的鞋后跟。这里系指脚挑着绣鞋来回

晃动。

⑥ "眼边"句：东张西望，心里似乎有所牵挂，所以懒得动身上楼。

辑评

沈际飞云：上句妙在"照水"，下句妙在"兜鞋"，即令闺人自模，恐未到。（《草堂诗馀续集》）

贺贻孙云：诗语可入填词，如诗中"枫落吴江冷"，"思发在花前"，"天若有情天亦老"等句，填词屡用之，愈觉其新。独填词语无一字可入诗料，虽用意稍同，而造语迥异。如梁邵陵王纶《见姬人》诗"却扇承枝影，舒衫受落花"，与秦少游词"照水有情聊整鬓，倚栏无绪更兜鞋"，同一意致。然邵陵语可入填词，少游语决不可入诗，赏鉴家自知之。（《诗筏》）

浣溪沙①

霜缟同心翠黛连②，红绡四角缀金钱③，恼人香篆是龙涎④。　　枕上忽收疑是梦⑤，灯前重看不成眠，又还一段恶因缘⑥。

注释

① 这是一首艳情词,上片写闺房陈设,下片写男女欢爱。

② "霜缟"句:青绿色的丝线串起了白绢打成的同心结。霜缟,白色的绢。翠黛,青绿色。

③ "红绡"句:红罗帐的四周缀着铜钱。古诗《孔雀东南飞》有"红罗复斗帐,四角垂香囊"。这里将"香囊"改为"金钱",意相同。红绡,红色的纱绸。

④ "恼人"句:浓浓的龙涎香味让人有点受不了。香爇(ruò),燃香。爇,点燃。龙涎,即龙涎香,一种名贵的香料,系抹香鲸的一种分泌物。

⑤ 忽收:指云雨初歇,暗喻男女交欢结束。

⑥ 还:完成,成就。恶因缘:犹云好因缘。陈莹中《鹧鸪天》词:"宜笑宜颦掌上身,能歌能舞恶精神。"张相《诗词曲语辞汇释》云:"恶精神,犹云好精神。"又云:"好与恶皆甚辞,恶者好之反言也。"

浣溪沙①

脚上鞋儿四寸罗②,唇边朱粉一樱多③,见人无语但回波④。　　料得有心怜宋玉,只应无奈楚襄何⑤，今生有分共伊么⑥。

注释

① 这是一首赠妓词，带有调侃的意味，系酒席上应酬之作。
② 四寸罗：言佳人金莲小脚约四寸大小。罗，这里指做鞋面的丝织品。
③ 一樱多：言佳人红唇如樱桃一般大小。
④ 回波：谓暗送秋波。
⑤ "料得"二句：以宋玉自比，以楚襄王代妓主人，意思是说，想来是你对我有情，而我只是碍于你家主人，无可奈何。系化用李商隐《席上作》"料得也应怜宋玉，一生唯事楚襄王"诗意。
⑥ 有分：有缘分。共伊：与佳人在一起。

浣溪沙①

锦帐重重卷暮霞，屏风曲曲斗红牙②，恨人何事苦离家。　　枕上梦魂飞不去③，觉来红日又西斜，满庭芳草衬残花。

注释

① 这首词写一个闺中思妇的孤寂无聊。
② "锦帐"二句:意谓卷起映照着晚霞的重重锦绣帐幔,在曲曲的屏风旁无聊地击打着拍板。斗,这里是敲打的意思。红牙,乐器名,即拍板,又称檀板。因其色红,故称。
③ "枕上"句:言梦魂中也到不了所思念的人身边。

辑评

徐渭云:好在景中有情。(徐渭评本《淮海集》)

黄苏云:"重重"、"曲曲",写得柔情旖旎,方唤得下句"何事"字起;即第二阕"飞不去",亦从此生出。写闺情至此,意致浓深,大雅不俗。(《蓼园词选》)

张绠云:前段用元微之《天台》诗意,后段婉约有味,尾句尤含蓄深思。(张绠注《淮海集》)

俞陛云云:以闲逸之笔写景而隐寓其情。(《唐五代两宋词选释》)

如梦令①

门外鸦啼杨柳,春色著人如酒②。睡起熨沉香③,

玉腕不胜金斗④。消瘦，消瘦，还是褪花时候。

注释

① 此词写一女子伤春。
② "春色"句：春色迷人，令人陶醉。著，迷，惹。
③ 熨沉香：用沉香熏熨衣服。李商隐《效徐陵体赠更衣》诗："轻寒衣省夜，金斗熨沉香。"
④ "玉腕"句：言女子洁白如玉的手腕提不起熨斗。

辑评

沈际飞云：憨怯甚。末句止而得行，泄而得蓄。（《草堂诗馀续集》）

如梦令①

遥夜沉沉如水②，风紧驿亭深闭③。梦破鼠窥灯④，霜送晓寒侵被。无寐，无寐，门外马嘶人起。

注释

① 此词写自己在贬往郴州的途中夜宿驿亭的苦况。

如梦令（门外鸦啼杨柳）

如梦令(遥夜沉沉如水)

② "遥夜"句：长夜像水一样深沉寂静。
③ 驿亭：古代设于官道旁供官员或差役等住宿的馆舍。
④ 梦破：梦醒。

辑评

陈廷焯云：此章离别。（《词则·大雅集》）
俞平伯云：写旅舍荒寂、行客待晓的景况。（《唐宋词选释》）

如梦令①

幽梦匆匆破后②，妆粉乱痕沾袖③。遥想酒醒来，无奈玉销花瘦④。回首，回首，绕岸夕阳疏柳。

注释

① 这首词写一个女子梦醒之后的悲苦心境。
② 幽梦：隐约迷离的梦境。
③ "妆粉"句：泪水弄残了脸上的妆粉，点点妆粉又沾满了衣袖。
④ 玉销花瘦：形容女子容颜憔悴，身形消瘦。

辑评

沈际飞云："匆匆破"三字真，"玉销花瘦"四字警，末句不可

倒作首句,思之思之。(《草堂诗馀续集》)

钱允治云:"玉销花瘦"句,语新奇。(《类编笺释续选草堂诗馀》)

陆云龙云:奇丽。(《词菁》)

如梦令①

楼外残阳红满,春入柳条将半。桃李不禁风②,回首落英无限③。肠断,肠断,人共楚天俱远④。

注释

① 从词中"人共楚天俱远"来看,此词当作于被贬郴州时,抒发的是客中春愁。
② 不禁风:耐不住风吹。
③ 落英:落花。
④ 楚天:楚地的天空,泛指南方地区。

辑评

李攀龙云:对景伤春,于此词尽见矣。 又云:因阳春景色而思故人心情,人远而思更远矣。(《草堂诗馀隽》)

如梦令（楼外残阳红满）

如梦令①

池上春归何处？满目落花飞絮。孤馆悄无人，梦断月堤归路②。无绪③，无绪，帘外五更风雨④。

注释

① 此词于绍圣四年(1097)晚春谪居郴州时作，由春归而思归，叙写了伤感的情怀。
② "梦断"句：刚梦到自己在月光洒满的堤路上归去，便醒来了。
③ 无绪：言内心烦乱，理不出头绪来。
④ 五更风雨：下了整整一夜的雨。五更，古人将一夜分为五更，每更约两小时。

辑评

杨慎云：孤馆听雨，较洞房雨声，自是不胜情之词，一喜一悲。（杨慎评本《草堂诗馀》）

李攀龙云：难为人语，自有可语之人在。　又云：深情厚意，言有尽而味自无穷。（《草堂诗馀隽》）

陈廷焯云：上章春半，此章春暮。（《词则·大雅集》）

阮郎归①

褪花新绿渐团枝②,扑人风絮飞③。秋千未拆水平堤④,落红成地衣⑤。　游蝶困⑥,乳莺啼,怨春春怎知。日长早被酒禁持⑦,那堪更别离。

注释

① 这是一首伤春怨别之作。
② "褪花"句:即"绿肥红瘦"之意。团,聚集。
③ 风絮:随风飘飞的柳絮。
④ 秋千未拆:古人一般在清明前后架秋千,在春夏之交拆去以待来年。
⑤ "落红"句:喻指落花满地。地衣,地毯。
⑥ 困:困倦。
⑦ "日长"句:意谓长长的白昼,只能以酒浇愁,沉浸醉乡。禁持,摆布。

辑评

陆云龙云:出语新媚,亦复幽奇。(《词菁》)

阮郎归①

宫腰袅袅翠鬟松②,夜堂深处逢③。无端银烛殒秋风,灵犀得暗通④。　　身有恨,恨无穷,星河沉晓空⑤。陇头流水各西东⑥,佳期如梦中。

注释

① 这首词回忆当年与佳人的一次幽会,抒发了别后的惆怅。
② 宫腰:细腰。袅袅:纤细柔美的样子。
③ 夜堂:夜间的堂屋。
④ "无端"二句:言在堂屋相逢时,正好一阵秋风吹灭了蜡烛,使他们俩得以暗中欢爱。无端,不料,没想到。灵犀,旧说犀牛有神异,角中有白纹如线,直通两头,故常被喻为男女心灵相应、感情共鸣。李商隐《无题二首》之一:"身无彩凤双飞翼,心有灵犀一点通。"
⑤ 星河:银河。
⑥ 陇头流水:比喻分离。古乐府《陇头歌辞》:"陇头流水,流离山下。念吾一身,飘然旷野。"陇头,即陇山,位于今陕西陇县西北。

辑评

沈际飞云:中冓之言,不可道也。所可道也,言之丑也。

(《草堂诗馀续集》)

邹袛谟云:《词筌》云:词至少游"无端银烛殒秋风"之类,而蔓草顿丘,不惟极意形容,兼亦直认无讳。数语可谓乐而不淫。(《远志斋词衷》)

阮郎归①

潇湘门外水平铺②,月寒征棹孤③。红妆饮罢少踟蹰,有人偷向隅④。　挥玉箸,洒真珠,梨花春雨余⑤。人人尽道断肠初⑥,那堪肠已无。

注释

① 绍圣三年(1096),秦观由处州贬往郴州,途经长沙时,曾得到一位仰慕他的妓女的盛情款待。这首词可能就是与此女的告别之作。
② 潇湘门外:这里似指长沙城门外。
③ 征棹:远行的船。
④ "红妆"二句:言佳人饮完了饯别之酒,踟蹰不前,背过身子哭泣起来。少,稍微。向隅,即向隅而泣。语出刘向《说苑·贵德》:"今有满堂饮酒者,有一人独索然向隅而泣,则一堂之人

皆不乐矣。"

⑤ "挥玉箸(zhù)"三句:均是形容佳人哭泣掉泪。玉箸,本指玉做的筷子,后用以比喻女子的眼泪。梨花春雨,语本白居易《长恨歌》:"玉容寂寞泪阑干,梨花一枝春带雨。"

⑥ 人人:恋人的昵称。

辑评

沈际飞云:"玉箸"、"真珠"觉叠;得"梨花雨余"句,叠正妙。及云"肠已无",如新笋发林,高出林上。(《草堂诗馀续集》)

杨慎云:此等情绪,煞甚伤心。秦七太深刻矣!(杨慎评本《草堂诗馀》)

阮郎归①

湘天风雨破寒初②,深沉庭院虚③。丽谯吹罢小单于④,迢迢清夜徂⑤。　　乡梦断,旅魂孤,峥嵘岁又除⑥。衡阳犹有雁传书,郴阳和雁无⑦。

注释

① 此词系绍圣三年(1096)除夕之夜作于郴州贬所。上片写愁

人不寐,下片写音书断绝。
② 湘天:即楚天,泛指南方一带。破寒初:谓寒意在渐渐消退。
③ "深沉"句:幽深的庭院显得那么的空旷冷清。
④ 丽谯:城门更鼓楼。小单于:唐曲名。
⑤ 迢迢:漫长。徂(cú):过去。
⑥ "峥嵘"句:谓不平常的一年又过去了。峥嵘,喻不寻常。
⑦ "衡阳"二句:相传冬天北雁南飞,至衡阳而止,而郴州在衡阳以南,所以说"郴阳和雁无"。郴阳,即郴州。和,连。

辑评

沈际飞云:衡、郴皆楚湘地,故曰"湘"。伤心!(《草堂诗馀正集》)

唐圭璋云:此首述旅况,亦极悽惋。上片,起言风雨生愁,次言孤馆空虚。"丽谯"两句,言角声吹彻,人亦不能寐。下片,"乡梦"三句,抒怀乡怀人之情。"岁又除",叹旅外之久,不得便归也。"衡阳"两句,更伤无雁传书,愁愈难释。小山云:"梦魂纵有也成虚,那堪和梦无。"与此各极其妙。(《唐宋词简释》)

满庭芳①

北苑研膏②,方圭圆璧③,万里名动京关④。碎身粉骨，功合上凌烟⑤。尊俎风流战胜，降春睡、开拓愁边⑥。纤纤捧，香泉溅乳，金缕鹧鸪斑⑦。相如方病酒⑧，一觞一咏，宾有群贤⑨。便扶起灯前，醉玉颓山⑩。搜揽胸中万卷，还倾动、三峡词源⑪。归来晚，文君未寝⑫，相对小妆残。

注释

① 这是一首咏茶词，约元祐年间作于汴京。

② 北苑：宋代产茶地，位于今福建建瓯市东。研膏：茶名。研膏茶在当时系贡茶。

③ 方圭圆璧：方形的圭玉，圆形的璧玉。这里喻方形或圆形的茶饼。

④ "万里"句：在万里之外的京城名声很响。

⑤ "碎身"二句：言烹茶时将茶饼研成碎末，其给人美味享受的功绩也可以上凌烟阁了。凌烟，即凌烟阁。唐太宗曾将功臣的图像挂在凌烟阁，以示表彰。

⑥ "尊俎"二句：言茶能解酒醉，驱春困，消忧愁。尊俎，指酒或酒席。

⑦ "纤纤"三句：谓佳人纤手捧出用香泉水烹煎的茶敬客，碗面泛着白色的茶花，碗身描画着金色的鹧鸪图案。溅乳，指烹茶时茶碗上浮起的泡沫。

⑧ 相如：西汉辞赋家司马相如。这里系以司马相如自喻。病

酒:司马相如有消渴疾(即今糖尿病),古人以为消渴疾系饮酒所致。
⑨ "一觞"二句:乃言群贤雅集,饮酒赋诗。语出王羲之《兰亭集序》"群贤毕至,少长咸集";"一觞一咏,亦足以畅叙幽情"。
⑩ 醉玉颓山:形容醉倒后的风姿。《世说新语·容止》中说嵇康"其醉也,傀俄若玉山之将崩"。
⑪ "搜揽"二句:意谓醉后才思敏捷,词源如三峡波涛,层出不穷。语本杜甫《醉时歌》:"词源倒流三峡水,笔阵横扫千人军。"
⑫ 文君:即卓文君,司马相如的妻子。这里指自己的妻室。

辑评

卓人月云:少游夫妇不减赵明诚,固应深谙茶味与赌茗之乐。(《古今词统》)

满庭芳①

晓色云开,春随人意,骤雨才过还晴。古台芳榭②,飞燕蹴红英③。舞困榆钱自落④,秋千外、绿水桥平。东风里,朱门映柳,低按小秦筝⑤。　　多情,行乐处,珠钿翠盖,玉辔红缨⑥。渐酒空金榼,花困蓬瀛⑦。豆蔻梢头旧恨,十年梦、屈指堪惊⑧。凭栏久,疏烟淡日,寂寞下芜城⑨。

注释

① 此词为扬州感怀旧游,约作于元丰三年(1080)春天。
② 榭:建在高土台上的敞屋。
③ "飞燕"句:即燕踏落花之意。语出杜甫《城西陂泛舟》诗:"鱼吹细浪摇歌扇,燕蹴飞花落舞筵。"蹴(cù),踏,踢。
④ 榆钱:榆荚形状似钱而小,色白成串,俗称榆钱。
⑤ 秦筝:一种拨弦乐器。相传为秦将蒙恬所造,故名。
⑥ "珠钿"二句:形容男女游春盛况。珠钿翠盖,指女子戴着珠宝首饰,乘着华美车辆。珠钿,女子的饰物。翠盖,以翠鸟羽毛装饰的车盖。玉辔红缨,指男子骑着配有华美辔头与革带的骏马。玉辔,镶玉的缰绳。红缨,勒于马胸的红色革带。
⑦ "渐酒空"二句:言沉溺于饮酒赏花之中。金榼(kē),精美的酒具。蓬瀛,蓬莱与瀛洲,传说中的海上仙山。这里指行乐之处。
⑧ "豆蔻"二句:化用杜牧《赠别二首》之一"娉娉袅袅十三余,豆蔻梢头二月初"以及《遣怀》"十年一觉扬州梦,赢得青楼薄幸名"诗意。豆蔻,以未开之豆蔻花比喻美少女。
⑨ 芜城:指扬州。南朝时扬州多次遭受战乱,鲍照曾以《芜城

赋》吊之,后世因名"芜城"。

辑评

李攀龙云:秋千外,东风里,字字奇巧。疏烟淡日,此时之情还堪远眺否? 又云:就暗中描出春色,林峦欲滴。就远处描出春情,城郭隐然如无。(《草堂诗馀隽》)

卓人月云:敖陶孙评少游诗"如时女步春,终伤婉弱",其在于词,正相宜耳。(《古今词统》)

黄苏云:此必少游被谪后作。雨过还晴,承恩未久也。"燕蹴红英",喻小人之谗构也。"榆钱",自喻也。"绿水桥平",喻随所适也。"朱门"、"秦筝",彼得意者自得意也。前一阕叙事也,后一阕则事后追忆之词。"行乐"三句,追从前也。"酒空"二句,言被谪也。"豆蔻"三句,言为日已久也。"凭栏"二句结。通首黯然自伤也,章法极绵密。(《蓼园词选》)

陈廷焯云:清词丽句,开人先路,风致自胜,情景兼到,最是少游制胜处。(《云韶集》)

俞陛云云:前写景,后言情,流利轻圆,是其制胜处。(《唐五代两宋词选释》)

张伯驹云:此词次序分明,余意不尽。其善于铺叙,不减耆卿。(《丛碧词话》)

唐圭璋云:此首,前片写景,后片感怀。"晓色"三句,写雨过天晴,人意喜晴,而天竟晴,故曰"春随人意"。"古台"两句,写雨后景象。"舞困"句,体会物态入神。"东风"三句,写朱门行乐之事。换头六句,回忆昔日之豪情狂态。"豆蔻"两句,点明旧事堪惊。末亦以景结,极目"疏烟淡日",皆令人生愁,而又见其"寂寞下芜城",愁更深矣。(《唐宋词简释》)

满庭芳①

茶 词

雅燕飞觞②,清谈挥麈③,使君高会群贤④。密云双凤,初破缕金团⑤。窗外炉烟似动,开瓶试、一品香泉。轻淘起,香生玉尘,雪溅紫瓯圆⑥。　　娇鬟,宜美盼⑦,双擎翠袖,稳步红莲⑧。坐中客翻愁,酒醒歌阑⑨。点上纱笼画烛⑩,花骢弄、月影当轩⑪。频相顾,余欢未尽,欲去且流连。

注释

① 元丰二年(1079),秦观在会稽(今浙江绍兴)常与郡守程公辟宴集。这首咏茶词反映了当时"使君高会群贤"的盛况。
② 雅燕:即雅宴。燕通"宴"。飞觞:传递着酒杯。
③ 清谈:通常指高谈阔论。挥麈(zhǔ):挥动麈尾,以资谈助。这里借以形容谈吐高雅。麈,一种似鹿而大的野兽,古人常

用其尾毛制成拂尘。

④ 使君:古人对州郡长官的尊称。高会:盛宴。

⑤ "密云"二句:名贵的密云茶被制成双凤形状的茶饼,取用时得解开裹在外表的金丝。

⑥ "开瓶试"四句:言打开水瓶,用香泉水沏茶,研碎的茶叶如同玉屑一般,阵阵香气,扑鼻而来,泛起的白沫在茶盏上形成一个个圆点。玉尘,形容研碎的茶末。宋人饮茶,先将茶饼碾碎。紫瓯,紫砂的茶盏。

⑦ 美盼:美目动人,顾盼生姿。语出《诗·卫风·硕人》:"巧笑倩兮,美目盼兮。"

⑧ 红莲:喻女子的小脚。典出《南史·齐东昏侯纪》:"凿金为莲花以帖地,令潘妃行其上,曰:'此步步生莲花也。'"

⑨ 阑:尽。

⑩ 纱笼:细纱做的灯笼。

⑪ 花骢:青白色的马。

辑评

陈廷焯云:少游《满庭芳》诸阕,大半被放后作。恋恋故国,不胜热中。其用心不逮东坡之忠厚,而寄情之远,措语之工,则各有千古。(《白雨斋词话》)

桃源忆故人[①]

玉楼深锁薄情种[②],清夜悠悠谁共。羞见枕衾鸳凤[③],闷即和衣拥。　　无端画角严城动[④],惊破一番新梦。窗外月华霜重,听彻梅花弄[⑤]。

注释

① 这首词系作者思念佳人所作。
② 薄情种:此乃作者自嘲。
③ "羞见"句:害怕看见枕头和被子上绣的鸳鸯凤凰图案。
④ 无端:无奈。严城:高城。
⑤ 听彻:听毕,听完。梅花弄:乐曲名,凡三叠,又称"梅花三弄"。

辑评

杨慎云:自是凄冷。(杨慎评本《草堂诗馀》)

李攀龍云:不解衣而睡,梦又不成,声声恼杀人。　　又云:形容冬夜景色恼人,梦寐不成。其忆故人之情,亦辗转反侧矣。(《草堂诗馀隽》)

黄苏云:言春色明艳,动闺中春思耳。(《蓼园词选》)

桃源忆故人（玉楼深锁薄情种）

卷下

调笑令十首并诗①

王昭君②

诗 曰

汉官选女适单于③,明妃敛袂登毡车④。玉容寂寞花无主⑤,顾影低回泣路隅。行行渐入阴山路⑥,目送征鸿入云去⑦。独抱琵琶恨更深⑧,汉官不见空回顾。

曲 子

回顾,汉宫路,捍拨檀槽鸾对舞⑨。玉容寂寞花无主,顾影偷弹玉箸⑩。未央宫殿知何处⑪?目送征鸿南去。

注释

① 调笑令:也叫"调笑转踏",系北宋时期流行于汴京的一种演唱形式。它以一曲连续演唱,每一首咏一事,共若干首,则咏若干事。秦观这里用十首调笑令分咏古代十位美女。曲子前面的诗,是演唱之前所念的"致语",相当于引子,主要介绍唱辞所要展开的故事梗概。

② 王昭君:字嫱,今湖北秭归人。汉元帝时,以民间美女被选入宫中。因在后宫一直未获宠幸,匈奴呼韩邪单于入朝和亲

王昭君

时,自请嫁匈奴。辞行之际,文帝见其靓丽照人,颇为后悔,意欲留之,而又不能失信匈奴,只得放行。

③ 单(chán)于:匈奴君主的称号。此指匈奴呼韩邪单于。

④ 明妃:即王昭君。晋人为避文帝司马昭讳,改称昭君为明君,亦称明妃。

⑤ 玉容寂寞:化用白居易《长恨歌》"玉容寂寞泪阑干,梨花一枝春带雨"诗意,写王昭君出塞途中的孤独哀怨。花:指王昭君。

⑥ 阴山:山名,在今内蒙古中部。

⑦ 征鸿:远飞的大雁。

⑧ "独抱"句:谓王昭君在出塞途中以弹奏琵琶来排遣内心的怨恨。石崇在《王明君辞序》中说:"昔公主嫁乌孙,令琵琶马上作乐,以慰其道路之思。其送明君,亦必尔也。"所以杜甫《咏怀古迹》其三有"千载琵琶作胡语,分明怨恨曲中论"的描写。

⑨ "捍拨"句:言弹奏琵琶的乐声引来了鸾凤对舞。捍拨,拨动琵琶筝瑟等弦索的用具。檀槽,檀木做的琵琶上架弦的格子。

⑩ 玉箸:眼泪。

⑪ 未央宫殿:西汉宫殿名。故址在今陕西西安市西北。

辑评

卓人月云:前数行,疑是元人宾白所自始。被之管弦,竟是董解元数段。(《古今词统》)

乐昌公主①

诗 曰

金陵往昔帝王州②,乐昌主第最风流③。一朝隋兵到江上,共抱凄凄去国愁④。越公万骑鸣箫鼓⑤,剑拥玉人天上去⑥。空携破镜望红尘,千古江枫笼辇路⑦。

曲 子

辇路,江枫古,楼上吹箫人在否⑧？菱花半璧香尘污⑨,往日繁华何处？旧欢新爱谁是主⑩,啼笑两难分付⑪。

注释

① 据唐孟棨《本事诗》载,南朝陈有个叫徐德言的太子舍人,妻子是陈后主之妹,才貌双绝,被封为乐昌公主。隋兵攻打陈国时,徐德言自知难保妻子,便对其说:"以你的容貌与才情,国亡后定会被掳入权豪之家,这样我们势必永远隔绝。倘若情缘未断,我还是希望能够相见,应有一件信物来证明我们的夫妻关系。"于是打破一枚铜镜,两人各执其半,与妻子约定说:"每年正月十五,卖这半片铜镜于都市,如果我活着,这一天必会前来相认。"陈朝亡国后,乐昌公主被隋帅杨素所获,成了其妾。而徐德言也历经坎坷,来到京城。正月十五之日,他到都市寻妻,见一奴佣卖半片铜镜,出价奇高,便将

其带到自己的居处,拿出另一半铜镜以合之,又题诗云:"镜与人俱去,镜归人不归。无复嫦娥影,空留明月辉。"乐昌公主见诗,伤心不食。杨素得知后,为他们的真情所打动,将陈氏还给了德言,两人最后终老江南。这首词所咏便是这个"破镜重圆"的故事。

② 金陵:今江苏南京,系吴、东晋、宋、齐、梁、陈六朝故都。

③ 主第:公主的宅第。

④ "共抱"句:隋文帝开皇九年(589),隋兵渡江攻金陵,俘陈后主及众多皇室成员入隋,乐昌公主亦在其中。

⑤ 越公:即杨素。隋行军元帅,率水师灭陈,封越国公。

⑥ 玉人:此指乐昌公主。天上去:喻乐昌公主被杨素带到京城。

⑦ 辇路:原指皇帝车驾行经之路,此处指乐昌公主被掳北去之路。

⑧ "楼上"句:以吹箫人不在喻夫妻分离。据《列仙传》载,秦穆公之女弄玉爱吹箫,后嫁给了善吹箫的萧史。萧史每日教她吹箫,作凤鸣之声,能把凤凰引到他们居住的楼上。后两人都乘凤凰飞去。这里以吹箫人代指徐德言。

⑨ 菱花:古人在镜背多刻菱花,故常以菱花为镜的代称。半璧:喻破镜。香尘污:暗指乐昌公主受到屈辱。

⑩ 旧欢:指前夫徐德言。新爱:指杨素。

⑪ 分付:表达。

崔 徽①

诗 曰

蒲中有女号崔徽②,轻似南山翡翠儿③。使君当日最宠爱,坐中对客常拥持。一见裴郎心似醉,夜解罗衣与门吏④。西门寺里乐未央⑤,乐府至今歌翡翠⑥。

曲 子

翡翠,好容止⑦,谁使庸奴轻点缀⑧。裴郎一见心如醉,笑里偷传深意。罗衣中夜与门吏,暗结城西幽会。

注释

① 据元稹《崔徽歌序》说,歌妓崔徽姿容美丽,深得蒲中太守的宠爱。裴敬中出使蒲州,与崔徽一见钟情,倾心相恋。九月后,裴敬中返回,崔又不能相随,因而思念成病。她请丘夏画了自己的肖像托人送裴,并说:"崔徽一旦不及画中人,且为郎死。"不久,因相思过度,精神崩溃而死。可参见《南乡子》(妙手写徽真)词。

② 蒲中:即蒲州,今山西永济。

③ "轻似"句:喻崔徽身轻貌美。南山,终南山,位于长安之南。翡翠儿,即翡翠鸟,体态轻盈,羽色鲜艳。

④ "夜解"句:言崔徽为与裴郎相会,以罗衣换得门吏的通融。

⑤ 西门寺:两人幽会的地点。未央:未尽。
⑥ "乐府"句:意谓至今乐府中还流传着他们的爱情故事。乐府,原指主管音乐的官署,后以凡可配乐演唱的作品均称乐府。
⑦ 容止:容貌举止。
⑧ "谁使"句:谓崔徽天生丽质,用不着庸奴替她化妆打扮。

无 双①

诗 曰

尚书有女名无双,蛾眉如画学新妆。姊家仙客最明俊,舅母唯只呼王郎。尚书往日先曾许,数载暌违今复遇②。闻说襄江二十年③,当时未必轻相慕。

曲 子

相慕,无双女,当日尚书先曾许。王郎明俊神仙侣,肠断别离情苦。数年暌恨今复遇,笑指襄江归去。

注释

① 无双:系唐传奇中人物。据薛调《无双传》载,唐德宗建中(780—783)时,朝臣刘震有女儿叫无双,有外甥叫王仙客。仙客因父亡而与母投奔舅家,与无双青梅竹马,亲密无间。

震之妻亦常呼仙客为王郎子(即姑爷)。仙客母病逝前乞弟震以无双嫁仙客,震允之。母死,仙客扶丧归葬襄阳。守丧期满后回京,舅舅刘震已任尚书租庸使,门庭显赫,甚于昔时,对无双与仙客的婚事只字不提。不久,朱泚叛乱,仙客与舅舅一家失散,归居襄阳。三年后再入京城,得知舅舅因受任伪职,已与舅妈皆处极刑。无双亦被关押,等候处决。仙客闻讯,多方营救。后得富平县古押衙之助,使无双死而复活,相携逃归襄阳,夫妇偕老。

② 暌违:分离。
③ 襄江:汉水自襄阳以下又称襄江。二十年:指仙客、无双终老襄江的时间。而《无双传》说两人"得归故乡,为夫妇五十年"。此处恐有误。

灼 灼[①]

诗 曰

锦城春暖花欲飞[②],灼灼当庭舞柘枝。相君上客河东秀[③],自言那复傍人知[④]。妾愿身为梁上燕,朝朝暮暮长相见[⑤]。云收月堕海沉沉[⑥],泪满红绡寄肠断[⑦]。

曲 子

肠断,绣帘卷,妾愿身为梁上燕。朝朝暮暮长相见,莫遣恩迁情变。红绡粉泪知何限? 万古空传遗怨。

注释

① 灼灼:唐代蜀中名妓,善舞《柘枝》,能歌《水调》。在一次筵席上,与御史裴质相识,倾情相恋。裴质被召回京城后,灼灼以泪洗面,并以红绡聚泪相寄。晚年流落于成都酒市中。唐韦庄有《伤灼灼》诗云:"尝闻灼灼丽于花,云髻盘时未破瓜。桃脸曼长横绿水,玉肌香腻透红纱。多情不住神仙界,薄命曾嫌富贵家。流落锦江无处问,断魂飞作碧天霞。"
② 锦城:四川成都市的别称。
③ "相君"句:意谓裴质是相府的座上客,河东的杰出人物。相君,指宰相。河东,今山西永济。裴质为河东人。
④ "自言"句:言两人相遇后,心有灵犀,暗通情愫。傍人,即旁人。
⑤ "妾愿"二句:化用冯延巳《长命女》词:"春日宴,绿酒一杯歌一遍,再拜陈三愿:一愿郎君千岁,二愿妾身常健,三愿如同梁上燕,岁岁长相见。"
⑥ 云收月堕:喻两人分别。海沉沉:喻别后毫无音信。
⑦ 红绡:红色的丝绢。

盼 盼①

诗 曰

百尺楼高燕子飞,楼上美人颦翠眉②。将军一去音容远③,只有年年旧燕归。春风昨夜来深院,春色依然人不见。只余明月照孤眠,唯望旧恩空恋恋。

曲 子

恋恋,楼中燕,燕子楼空春日晚④。将军一去音容远,空锁楼中深怨。春风重到人不见,十二阑干倚遍⑤。

注释

① 盼盼:即关盼盼,唐代徐州歌妓,善歌舞,雅多风态。尚书张愔官徐州刺史时,纳其为妾,还为其建燕子楼。白居易在《燕子楼三首并序》中说,他为校书郎时,游徐州,张愔曾宴请他,并请出盼盼佐欢。白居易席上赠诗云:"醉娇胜不得,风袅牡丹花。"张愔去世后,盼盼感念旧情而不嫁,独居燕子楼十余年。此咏盼盼的笃情守节。

② 颦翠眉:即皱眉。

③ 将军:宋人多误指张建封,实为其子张愔。白居易游徐州时,张建封已殁。

④ "恋恋"三句:苏轼任徐州太守时,有《永遇乐》词云:"燕子楼空,佳人何在,空锁楼中燕。"

⑤ 十二阑干:形容栏杆多曲折。语本《乐府诗集·西洲曲》:"鸿飞满西洲,望郎上青楼。楼高望不见,尽日栏干头。栏干十二曲,垂手明如玉。"阑干,即栏杆。

莺 莺①

诗 曰

崔家有女名莺莺,未识春光先有情。河桥兵乱依萧寺②,红愁绿惨见张生③。张生一见春情重,明月拂墙花树动④。夜半红娘拥抱来⑤,脉脉惊魂若春梦⑥。

曲 子

春梦,神仙洞⑦,冉冉拂墙花树动。西厢待月知谁共? 更觉玉人情重。红娘深夜行云送⑧,困鞿钗横金凤⑨。

注释

① 莺莺:系唐传奇中人物。据元稹《莺莺传》(又名《会真记》)载,唐贞元中,故崔相国之女莺莺,随母归长安,路经蒲州,止宿于普救寺之西厢。有张生游于蒲,亦止于该寺。时军人扰攘,大掠蒲州,崔母忧惧不安。张生恰与蒲将之党有善,请吏护之,得幸免于难。兵去,崔母设宴致谢,令莺莺出拜。张生见而心动,作《春词》二首托莺莺侍女红娘转达。莺莺报以诗

莺莺

笺,约其相会。及至,却又严词拒绝,张生几近绝望。红娘为张生真情所感,从中撮合,遂使两人得以幽会。如是者几一月,崔母觉之,拷问红娘,证实此事后,令张生赴试,两人遂不复见。唐宋诗词中多有咏此事者,元王实甫的《西厢记》杂剧,则最为出名。

② 河桥:即蒲津桥,系当时从陕西大荔东大庆关过黄河至山西永济西蒲州的一座桥梁。兵乱:《莺莺传》云:"是岁浑瑊薨于蒲,有中人丁文雅,不善于军,军人因丧而扰,大掠蒲人。"萧寺:泛指佛寺。《释氏要览》云:"今多称僧居为萧寺者,是用梁武造寺,以姓为题也。"

③ 红愁绿惨:以凋谢的花叶喻莺莺的愁苦情态。

④ "明月"句:《莺莺传》中写莺莺约张生相会,在彩笺上题了一首《明月三五夜》诗:"待月西厢下,迎风户半开。拂墙花影动,疑是玉人来。"

⑤ "夜半"句:《莺莺传》载,忽一晚,红娘先携莺莺被枕而至,又拥莺莺前来幽会。

⑥ 脉脉:含情不语貌。

⑦ 神仙洞:谓张生见到莺莺,自以为如见仙人。

⑧ 行云:喻所爱的女子。

⑨ "困軃(duǒ)"句:谓睡起后钗上金凤下垂。軃,下垂貌。

采　莲①

诗　曰

若耶溪边天气秋②,采莲女儿溪岸头。笑隔荷花共人语,烟波渺渺荡轻舟。数声水调红娇晚③,棹转舟回笑人远。肠断谁家游冶郎④,尽日踟蹰临柳岸。

曲　子

柳岸,水清浅,笑折荷花呼女伴。盈盈日照新妆面,水调空传幽怨。扁舟日暮笑声远,对此令人肠断。

注释

① 采莲:即《采莲曲》,乐府旧题,多描写江南女子湖上采莲的情景。李白有《采莲曲》云:"若耶溪旁采莲女,笑隔荷花共人语。日照新妆水底明,风飘香袖空中举。岸上谁家游冶郎,三三五五映垂杨。紫骝嘶入落花去,见此踟蹰空断肠。"此词即取材于李白诗。
② 若耶溪:位于今绍兴东南二十五里。相传西施曾在溪边浣纱,故又称浣纱溪。
③ 水调:乐曲名,相传为隋炀帝开汴河时所创。
④ 游冶:游玩,游乐。

采莲

烟中怨①

诗　曰

鉴湖楼阁与云齐②,楼上女儿名阿溪③。十五能为绮丽句④,平生未解出幽闺。谢郎巧思诗裁剪,能使佳人动幽怨。琼枝璧月⑤结芳期,斗帐双双成眷恋⑥。

曲　子

眷恋,西湖岸⑦,湖面楼台侵云汉⑧。阿溪本是飞琼伴⑨,风月朱扉斜掩。谢郎巧思诗裁剪,能动芳怀幽怨。

注释

① 烟中怨:唐人南卓所撰传奇篇名,原文今不存。《嘉泰会稽志》卷十九载有其故事梗概:江南有捕鱼者杨父,一女,绝色,作诗不过两句。人问:"为何不写完?"答曰:"无奈情思缠绕,至两句即思迷不继。"有谢生求婚,杨父说:"我女当嫁大官。"谢生说:"少女少郎,相乐不忘;少女老翁,苦乐不同。哪来少年大官?"杨父说:"吾女作诗不过两句,你能续之,令其满意,则女儿嫁你。"出诗曰:"珠帘半床月,青竹满林风。"谢生续曰:"何事今宵景,无人解与同?"杨女读后说:"此人乃天生我夫。"二人遂结良缘。七年后的春日,杨女忽作诗云:"春尽花宜尽,其如自是花。"谢生说:"为何写如此不祥之句?"杨女

说:"我将不久于人世。"谢续曰:"从来说花意,不过此容华。"杨即瞑目而逝。后一年,江上烟波渺渺,见杨立于江中,说:"我本是水中仙子,返回仙界后,因思念谢郎,再度遭贬,不能重返为仙了。"这首词即取材于此故事,歌咏阿溪与谢生的爱情。

② 鉴湖:又名镜湖,在今浙江绍兴境内。

③ 阿溪:即传奇故事中的杨女。

④ 绮丽句:风格绮靡艳丽的诗句。

⑤ 琼枝璧月:玉树圆月,喻良辰美景。结芳期:结良缘。

⑥ 斗帐:一种小帐,形如倒置之斗。

⑦ 西湖:指鉴湖的西面。

⑧ 云汉:云霄。

⑨ 飞琼伴:犹言神仙中人。飞琼,仙女名,相传是西王母的侍女。

辑评

卓人月云:此事甚僻。(《古今词统》)

离魂记①

诗 曰

深闺女儿娇复痴,春愁春恨那复知? 舅兄唯有相拘意,暗想花心临别时②。离舟欲解春江暮,冉冉香魂逐君去。重来两身复一身,梦觉春风话心素③。

曲　子

心素,与谁语? 始信别离情最苦。兰舟欲解春江暮,精爽随君归去④。异时携手重来处,梦觉春风庭户。

注释

① 离魂记:唐陈玄祐所撰传奇篇名。故事的大概如下:衡州官员张镒,有女名倩娘,有甥名王宙,二人青梅竹马,镒曾许诺二人为婚,后又反悔。倩娘抑郁成病,宙则衔恨赴京。舟行半途,忽夜半倩娘徒步赤足而至。遂相与远遁。居蜀五年,生二子。倩娘思亲,夫妇俱回衡州。宙先至舅家,首谢其事。镒大惊说:"倩娘病在闺中数年,未尝离家。"遣家人前往探视,果见倩娘在船上,家人疾还报镒。室中女闻之,从病床起身,出门相迎,与船上倩娘合为一体。元郑光祖曾将此故事改编成杂剧《倩女离魂》。
② 花心:芳心。
③ 梦觉:指沉睡了五年的倩娘真体复苏。心素:情愫。
④ 精爽:指倩娘的魂魄。

离魂记

虞美人①

高城望断尘如雾②,不见联骖处③。夕阳村外小湾头,只有柳花无数送归舟。　　琼枝玉树频相见④,只恨离人远。欲将幽恨寄青楼,争奈无情江水不西流⑤。

注释

① 这是一首离别之作。词中的"高城",或许是扬州,或许是汴京,作者没有具体写明是哪一次离开,但倾注了对昔日好友的眷念之情。
② 尘如雾:烟尘如雾。
③ 联骖(cān):并辔而行。这里指与友人一起游乐。骖,指同驾一车的三匹马,或特指驾车时位于两边的马。
④ 琼枝玉树:形容人物俊美风流。
⑤ "欲将"二句:意谓欲将离别之恨寄托于青楼中,怎奈无情的江水东去不再回头。青楼,妓楼。争奈,无奈。

辑评

陈廷焯云:沈至。(《词则·大雅集》)

虞美人①

碧桃天上栽和露②,不是凡花数。乱山深处水潆洄③,可惜一枝如画为谁开？　　轻寒细雨情何限,不道春难管④。为君沉醉又何妨,只怕酒醒时候断人肠。

注释

① 元祐五年至绍圣元年(1090—1094)期间,秦观在汴京秘书省任职。据《绿窗新话》引杨湜《古今词话》说,少游在京师时,有贵官请他宴饮,让一名叫碧桃的宠姬给他陪酒。少游以酒回劝。碧桃说："今日为学士拼了一醉。"举大杯长饮。席间少游写此词相赠。在词中,姬人与花,已融为一体。

② "碧桃"句:语本唐人高蟾《下第后上永崇高侍郎》"天上碧桃和露种"诗句。以碧桃树喻碧桃其人美貌,一语双关。

③ "乱山"句:说开在乱山深处,实是赞美碧桃身处官府而洁身自处,非"凡花"(一般姬人)可比。潆洄,水回旋貌。

④ "轻寒"二句:意谓春天难以管束,以轻寒细雨侵袭桃花,但桃花依然含情脉脉,无限动人。

辑评

沈际飞云:崔护《桃花》诗旨。抑扬百感。(《草堂诗馀续集》)

虞美人①

行行信马横塘畔②,烟水秋平岸。绿荷多少夕阳中,知为阿谁凝恨背西风③? 红妆艇子来何处④,荡桨偷相顾。鸳鸯惊起不无愁⑤,柳外一双飞去却回头。

注释

① 此词描写作者野外信马闲行所见情景,颇有江南水乡风味。约作于元丰二年(1079)南游会稽(今浙江绍兴)时。
② 横塘:池塘。
③ "绿荷"二句:化用杜牧《齐安郡中偶题二首》之一:"多少绿荷相倚恨,一时回首背西风。"阿谁,何人。凝恨,愁恨凝聚。
④ "红妆"句:红妆女子划着小船不知从何而来。艇子,船夫,这里指小船。
⑤ "鸳鸯"句:谓红妆女子见鸳鸯双飞而暗暗生愁。

点绛唇

桃 源①

醉漾轻舟,信流引到花深处②。尘缘相误③,无计花间住。　　烟水茫茫,千里斜阳暮。山无数,乱红如雨,不记来时路。

注释

① 此词咏刘晨、阮肇误入桃源与仙女相遇的故事。据南朝宋刘义庆《幽明录》载,东汉永平五年,刘晨、阮肇入天台山采药,迷不得返,遥望山上有桃树,便攀藤附葛而上,食桃充饥。后在溪边遇两位绝色女子,被邀至家,行夫妇之礼。因尘缘未了,刘、阮二人住半年后起思归之心,遂别二女而归。回乡发现,已历子孙七代。后重寻仙境,已不记其路。

② 信流:任随流水。花深处:指桃源深处。

③ 尘缘相误:为尘事所累。

辑评

　　沈际飞云:如画。(《草堂诗馀正集》)

　　俞陛云云:作此题隐括本意,凡手皆能。此词擅胜处,在笔轻而韵秀,如初写黄庭,恰到好处。(《唐五代两宋词选释》)

点绛唇①

月转乌啼,画堂宫徵生离恨②。美人愁闷,不管

点绛唇(醉漾轻舟)

罗衣褪③。　　清泪斑斑,挥断柔肠寸④。嗔人问⑤,背灯偷揾⑥,拭尽残妆粉。

注释

① 此词抒写美人的离愁。
② 宫徵(zhǐ):古人以宫、商、角、徵、羽为五声,这里以宫徵泛指音乐。
③ "美人"二句:化用柳永《凤栖梧》"衣带渐宽终不悔,为伊消得人憔悴"词意。罗衣褪,犹言罗衣宽松。
④ "挥断"句:即柔肠寸断。
⑤ 嗔:恼怒。
⑥ 揾(wèn):擦拭。

品　令①

幸自得,一分索强,教人难吃②。好好地、恶了十来日,恰而今、较些不③?　　须管啜持教笑,又也何须肐织④!衒倚赖、脸儿得人惜,放软顽、道不得⑤。

注释

① 秦观是江苏高邮人,这首词便是采用当地方言描写一对小夫妻闹矛盾的情景。上片写男的百般赔不是,下片写双方重归于好。

② "幸自得"三句:你本是个争强好胜之人,只那么一点逞强,就叫我受不了。幸自得,本来是。索强,恃强。难吃,难受。

③ "好好地"二句:好端端地十几天不理我,现在是不是情绪好些了?恶,气恼。较些不,好些吗。

④ "须管"二句:我一定要哄你笑出来,你又何必一直与我闹别扭下去!啜(chuò)持,哄骗。肐(gē)织,曲折,不顺遂。

⑤ "衠(zhūn)倚赖"二句:女子放下了脸儿,她那半推半就的撒娇神情,让人难以用言语来形容。衠,尽。放软顽,撒娇。

品 令①

掉又矅,天然个品格,于中压一②。帘儿下、时把鞋儿踢,语低低、笑咭咭③。　　每每秦楼相见④,见了无门怜惜⑤。人前强、不欲相沾识,把不定、脸儿赤⑥。

注释

① 这首词也是用高邮方言写成,描写一男子对某青楼女子的痴情。
② "掉又嬥(tiǎo)"三句:意谓那佳人是天生丽质,可称青楼第一人。掉又嬥,言女子姿容美好。掉、嬥,皆美好义。压一,压倒一切,犹云第一。
③ 咭(jī)咭:象声词,谈笑声。
④ 秦楼:原指秦穆公之女弄玉所居之楼(参见《调笑令·乐昌公主》注⑧),后世常借指妓楼。
⑤ 无门:无计。怜惜:怜香惜玉。
⑥ "人前"二句:在众人面前相遇假装两人不相识,但却禁不住脸儿会红。沾识,沾惹,接近。把不定,保不住。

南歌子①

　　玉漏迢迢尽,银潢淡淡横②。梦回宿酒未全醒③,已被邻鸡催起怕天明。　　臂上妆犹在,襟间泪尚盈。水边灯火渐人行,天外一钩残月带三星④。

注释

① 据胡仔《苕溪渔隐丛话》引《高斋诗话》说,这首词是秦观在任

蔡州教授期间(1086—1090)赠给歌妓陶心儿的,抒写的是离别情怀。

② "玉漏"二句:以漏壶滴尽、银河西斜表明天快亮了。玉漏,精美的计时漏壶。银潢,银河。

③ 宿酒:隔夜的酒醉。

④ "天外"句:既是写晓景,又暗藏歌妓陶心儿的"心"字,且"星"与"心"还是谐音。

辑评

沈际飞云:末句谓"心"字,甚巧。(《草堂诗馀正集》)

沈谦云:秦淮海"天外一钩残月带三星",只作晓景,佳。若指为心儿谜语,不与"女边著子,门里挑心"同堕恶道乎?(《填词杂说》)

郭麐云:以人名字隐寓词中,始于少游之"一钩斜月带三星"、"小楼连苑横空",无名氏之"梦也有头无尾",虽游戏笔墨,亦自有天然妙合之趣。(《灵芬馆词话》)

陈廷焯云:(结句)双关巧合,再过则伤雅矣。(《词则·闲情集》)

俞陛云云:此词与清真《蝶恋花》词相似。"邻鸡催起"句有清真侵晓惜别之意,"灯火行人"句有清真"露寒人远"之意,但情景真切,视清真尚隔一层耳。《高斋诗话》以此词为赠妓陶心儿,故末句"残月带三星",借喻心字也。(《唐五代两宋词选释》)

南歌子①

愁鬟香云坠②,娇眸水玉裁③。月屏风幌为谁开④? 天外不知音耗百般猜⑤。 玉露沾庭砌⑥,金风动琯灰⑦。相看有似梦初回,只恐又抛人去几时来。

注释

① 此词抒写闺中少妇思念远人的情怀。
② "愁鬟"句:言女子鬓发散乱,满脸愁容。香云,发髻。
③ "娇眸"句:澄澈明亮的眼睛如同是水晶做出来一般。水玉,水晶。
④ 月屏风幌:指映月临风的帷幕。
⑤ 音耗:音信。
⑥ 玉露:晶莹如玉的露珠。砌:台阶。
⑦ "金风"句:言秋天已到。金风,秋风。古人以阴阳五行解释季节变化,秋属金,故称。琯(guǎn)灰,亦称"灰琯",古代测验季节变化的器具。把芦苇茎中的薄膜制成灰,放在十二乐律的玉管内,置玉管于木案上。每当一节气至,则相应乐管内灰即会自行飞出。唐太宗《于太原召侍臣赐宴守岁》诗:"四时运灰琯,一夕变冬春。"

辑评

沈际飞云:相看又恐去,未去先问来,宛女子小声轻啧。(《草堂诗馀续集》)

南歌子①

香墨弯弯画②,燕脂淡淡匀③。揉蓝衫子杏黄裙④,独倚玉阑无语点檀唇⑤。　人去空流水,花飞半掩门。乱山何处觅行云⑥?　又是一钩新月照黄昏。

注释

① 此词抒写闺中女子的无聊寂寞。
② 香墨:画眉的青黛色颜料。
③ 燕脂:即胭脂。
④ 揉蓝衫子:蓝色的衣服。古人采用揉搓的方法从蓝草中提取蓝色,故称"揉蓝"。
⑤ 点檀唇:点口红。檀,一种浅绛色的颜料。
⑥ 行云:宋玉《高唐赋》说巫山神女"旦为朝云,暮为行雨"。后人遂以"行云"、"云雨"指男女欢会。这里指在外寻欢作乐的丈夫。

辑评

沈际飞云:声情得所。(《草堂诗馀续集》)

俞平伯云:上片写一独立的美人,多用颜色字而渲染映射,如一幅工笔画。过片用"人去"两字紧接上文,非常清楚。下片亦不多说情事,只是写景,"人去"以下,一气呵成,绝无停顿,真见得风流云散,其意自明,亦无须多说了。(《唐宋词选释》)

临江仙①

千里潇湘挼蓝浦②,兰桡昔日曾经③。月高风定露华清④。微波澄不动⑤,冷浸一天星。　　独倚危樯情悄悄⑥,遥闻妃瑟泠泠⑦。新声含尽古今情。曲终人不见,江上数峰青⑧。

注释

① 因为被贬郴州、横州等地,秦观曾多次途经潇湘。此词便是抒写舟过潇湘时的凄凉心境。
② 挼(nuó)蓝:同"揉蓝",古人从蓝草中提取蓝色的一种方法。这里系指江水清澈。
③ 兰桡(ráo):船桨的美称。桡,船桨,这里代指船。曾经:曾经

路过。
④ 露华:露珠。
⑤ 澄:澄静。
⑥ 危樯:高高的桅杆。
⑦ 妃瑟泠泠:言江上传来的鼓瑟声泠泠悦耳。妃瑟,相传舜之二妃投湘水而死,化为湘水之神,善鼓瑟。《楚辞·远游》:"使湘灵鼓瑟兮,令海若舞冯夷。"
⑧ "曲终"二句:用钱起《省试湘灵鼓瑟》诗成句。

辑评

　　杜文澜云:诗之幽瘦者,宋人均以入词,如"曲终人不见,江上数峰青"一联,秦少游直录其语。若是者不少,是在填词家善于引用,亦须融会其意,不宜全录其文。总之,词以纤秀为佳,凡使气使才、矜奇矜僻,皆不可一犯笔端。(《憩园词话》)

临江仙①

　　鬓子偎人娇不整②,眼儿失睡微重。寻思模样早心忪③。断肠携手,何事太匆匆④。　　不忍残红犹在臂⑤,翻疑梦里相逢⑥。遥怜南埭上孤篷。夕阳流水，红满泪痕中⑦。

注释

① 绍圣元年(1094),秦观由汴京出任杭州通判,途经淮上,与家人短暂相聚后又登船启程,路途中写下此词。上片是别时情景,下片是别后思念。
② 髻子:女子的发髻。
③ "寻思"句:意谓我现在回忆起妻子与我分别时的模样,还心神不安。忪(zhōng),心动不定。
④ "断肠"二句:刚"携手"又要分手,所以"断肠",所以埋怨聚散匆匆。
⑤ 残红:女子的残妆。
⑥ "翻疑"句:真有些怀疑这次相聚是否是一场梦。化用晏几道《鹧鸪天》词:"今宵剩把银釭照,犹恐相逢是梦中。"
⑦ "遥怜"三句:想象女子思念自己的情景。南埭(dài),水闸。李商隐《咏史》诗:"北湖南埭水漫漫,一片降旗百尺竿。"

辑评

沈际飞云:(起句)两句佳人之神。(结句)自饶花色。(《草堂诗馀续集》)

好事近①

梦中作

春路雨添花,花动一山春色。行到小溪深处,有黄鹂千百。　飞云当面化龙蛇,夭矫转空碧②。醉卧古藤阴下,了不知南北③。

注释

① 此词记一次梦中之游,据《苕溪渔隐丛话》引《冷斋夜话》说,是秦观被贬处州时作。由此推断,此词应作于绍圣二年(1095)春。因结语有"醉卧古藤阴下,了不知南北"二句,遂有人将此作为秦观卒于广西藤州的谶语,这当然只是一种巧合。
② "飞云"二句:飞云扑面而来,似龙蛇飞舞,千姿百态,转眼间又烟消云散,碧空万里。夭矫,纵情舞动的样子。
③ 了:全然。

辑评

沈际飞云:(过片)偶书所见。(结尾二句)白眼看世之态。
又云:酷似鬼词,宜其卒于藤州。(《草堂诗馀续集》)
卓人月云:少游此词,如鬼如仙,固宜不久。(《古今词统》)
陆云龙云:奇峭。(《词菁》)

周济云:概括一生,结语遂作藤州之谶。造语奇警,不似少游寻常手笔。(《宋四家词选》)

陈廷焯云:笔势飞舞。少游后至藤州,醉卧光化亭而卒,此为词谶也。(《词则·别调集》)

补遗

如梦令①

莺嘴啄花红溜②,燕尾点波绿皱③。指冷玉笙寒,吹彻小梅春透④。依旧,依旧,人与绿杨俱瘦。

注释

① 这是一首闺怨之作。
② 红溜:言花红之鲜艳欲滴。
③ "燕尾"句:燕子在水面掠过,燕尾划破了一池春水。
④ 吹彻:吹到最后一曲。彻,大曲中的最后一遍。小梅:即笛曲《梅花落》。唐《大角曲》中有《大梅花》、《小梅花》等曲。

辑评

沈际飞云:琢句奇峭。春柳未必瘦,然易此字不得。(《草堂诗馀正集》)

杨慎云:意想甚妙,然春柳恐未必瘦。"指冷玉笙寒"二句,翻李后主"小楼吹彻玉笙寒"句。(杨慎评本《草堂诗馀》)

李攀龙云:用字妍巧,寓意永叹。 又云:闻笛怀人,似梦中得句来。(《草堂诗馀隽》)

秦元庆云:点景造微入妙。(秦元庆评本《淮海集》)

邵祖平云:此词明艳动人,有目者所共睹也。(《词心笺评》)

如梦令(莺嘴啄花红溜)

木兰花慢①

过秦淮旷望②,迥萧洒③,绝纤尘。爱清景风蛩④,吟鞭醉帽⑤,时度疏林。秋来政情味淡⑥,更一重烟水一重云。千古行人旧恨,尽应分付今人⑦。渔村,望断衡门⑧。芦荻浦,雁先闻。对触目凄凉,红凋岸蓼,翠减汀蘋⑨。凭高正千嶂黯⑩,便无情、到此也销魂。江月知人念远,上楼来照黄昏。

注释

① 此词是作者过秦淮河时所作,全篇在写景中寓含了自己遭贬的凄愁。
② 秦淮:秦淮河,长江下游支流,源出江苏句容大茅山等地,流经南京。旷望:向空旷处眺望。
③ 萧洒:形容秋天景物的清丽爽朗。
④ 风蛩(qióng):风中传来的蟋蟀声。
⑤ 吟鞭:诗人的马鞭。醉帽:酒客的帽子。
⑥ 政:通"正",正是。
⑦ "千古"二句:千百年来在此奔波的谪人之恨,如今都加到了我的身上。分付,交付。
⑧ 衡门:横木为门。喻简陋的房子。
⑨ "红凋"二句:岸边的红蓼凋谢了,汀上的翠蘋败落了。这两

阮郎归（春风吹雨绕残枝）

句与柳永《八声甘州》"是处红衰翠减,冉冉物华休"词意相似。汀,小洲。

⑩ 嶂:高山。

阮郎归①

春风吹雨绕残枝,落花无可飞。小池寒绿欲生漪②,雨晴还日西。　帘半卷,燕双归,讳愁无奈眉③。翻身整顿着残棋,沉吟应劫迟④。

注释

① 这是一首伤春之作。
② 漪:涟漪。
③ "讳愁"句:欲隐藏内心的怨愁,却无奈已流露于眉间。讳,隐瞒。
④ "翻身"二句:意谓我振作起精神,想下好这盘残局,却还是因心事重重,犹疑不决,落子迟缓。沉吟,犹疑不决。应劫,弈棋术语,应对。《棋经》云:"先投子曰抛,后应子曰劫。"

辑评

杨慎云:眉不掩愁,棋不消愁,愁来何处著?　又云:"讳

愁无奈眉"，写想深慧。"翻身"二句，愁人之致，极宛极真。此等情景，匪夷所思。(杨慎评本《草堂诗馀》)

李攀龙云：以春花点春景，以春燕触春情，情景逼真。

又云：落花归燕，俱是抚景伤情之语。(《草堂诗馀隽》)

徐渭云："沉吟应劫迟"，便是元人乐府句。(徐渭评本《淮海集》)

卓人月云："讳愁"五字，不知费多少安顿。(《古今词统》)

黄苏云：此词疑少游坐党[籍]被谪后作，言已被谪而众谤尚交构也。"绕"字有纠缠不已之意。风雨相逼，至"花无可飞"，则惨悴甚矣。池欲生漪，亦"吹皱一池"之意也。"日西"，言日已暮，而时已晚也。"整顿残棋"而"应劫迟"，言欲求伸而无心于应敌也。辞旨清婉凄楚。结末"沉吟"二字，妙在尚有含蓄。(《蓼园词选》)

画堂春①

东风吹柳日初长，雨余芳草斜阳②。杏花零落燕泥香，睡损红妆③。　　宝篆烟消龙凤④，画屏云锁潇湘⑤。夜寒轻透薄罗裳，无限思量。

注释

① 此词写春日闺情。

② 雨余:雨后。

③ 睡损:睡坏。

④ "宝篆"句:龙凤状的盘香已经燃尽。宝篆,即篆香。此句又作"香篆暗消鸾凤"。

⑤ 云锁潇湘:指屏风上的云锁潇湘图。"云锁"又作"萦绕"。

辑评

杨湜云:少游《画堂春》"雨余芳草斜阳,杏花零落燕泥香"之句,善于状景物。至于"香篆暗消鸾凤,画屏萦绕潇湘"二句,便含蓄"无限思量"意思,此其有感而作也。(《古今词话》)

杨慎云:情景兼至。(杨慎评本《草堂诗馀》)

李攀龙云:句句写景入画。言少而意甚多。 又云:以奇才运奇调,堪称奇章。(《草堂诗馀隽》)

许昂霄云:高丽。直可使耆卿、美成为舆台矣。(《词综偶评》)

王国维云:温飞卿《菩萨蛮》"雨后却斜阳,杏花零落香",少游之"雨余芳草斜阳,杏花零落燕泥香",虽自此脱胎,而实有出蓝之妙。(《人间词话》附录)

画堂春（东风吹柳日初长）

海棠春（晓莺窗外啼声巧）

海棠春[1]

晓莺窗外啼声巧,睡未足、把人惊觉。翠被晓寒轻,宝篆沉烟袅[2]。　　宿酲未解宫娥报[3],道别院、笙歌宴早[4]。试问海棠花,昨夜开多少?

注释
① 这首词描写宫廷生活。
② "宝篆"句:沉香木制成的篆字形盘香生烟袅袅。
③ 宿酲(chéng):宿醉。
④ 笙歌宴早:歌舞宴会早已开始了。

辑评

沈际飞云:("睡未足"句)再睡,不几负花耶!("试问"二句)媚杀!(《草堂诗馀正集》)

李攀龙云:"宿酲"承"睡未足"来,何等脉络。　　又云:流莺唤睡,海棠独醒,情景恍在一盼中。(《草堂诗馀隽》)

陈廷焯云:"睡未足"句,终嫌俚浅。(《词则·闲情集》)

菩萨蛮[1]

金风蔌蔌惊黄叶[2],高楼影转银蟾匝[3]。梦断绣

菩萨蛮（金风薮薮惊黄叶）

帘垂,月明乌鹊飞④。　　新愁知几许,欲似柳千缕。雁已不堪闻,砧声何处村⑤。

注释

① 这首词抒写闺中秋思。
② 金风:秋风。簌(sù)簌:风声劲疾貌。
③ 银蟾:月亮。古代传说月中有蟾蜍,故蟾蜍为月的代称。匝(zā):环绕一周。
④ "月明"句:化用曹操《短歌行》"月明星稀,乌鹊南飞"诗意。
⑤ "砧声"句:砧声是从哪个村子传来的呢?砧,捣衣声。秋天是备寒衣的时候,这时候的捣衣声容易引起对远方亲人的挂念之情。

辑评

李攀龙云:色色入愁,声声致憾。　　又云:如风声、雁声、砧声,俱足动秋闺之思。(《草堂诗馀隽》)

陆云龙云:种种可怜。(《词菁》)

黄苏云:"匝"字从"转"字生来。匝月由东而西,转于高楼之上者已匝也。通首亦清微澹远。(《蓼园词选》)

金明池①

琼苑金池②,青门紫陌③,似雪杨花满路。云日淡、天低昼永④,过三点两点细雨。好花枝、半出墙头,似怅望、芳草王孙何处⑤。更水绕人家,桥当门巷,燕燕莺莺飞舞。　　怎得东君长为主⑥?把绿鬓朱颜⑦,一时留住。佳人唱、金衣莫惜⑧;才子倒、玉山休诉⑨。况春来、倍觉伤心,念故国情多,新年愁苦。纵宝马嘶风,红尘拂面,也则寻芳归去。

注释

① 元祐七年(1092)三月,秦观与二十多位友朋共游汴京西城金明池、琼林苑,此词便是记这次春游,吟咏都市风光。曲调为自创,并以调为题。

② 琼苑:即琼林苑。金池:即金明池。孟元老《东京梦华录》云:"(金明)池在顺天门街北,周围约九里三十步,池西直径七里许。入池门内,南岸西去百余步,有西北临水殿,车驾临幸,观争标、赐宴于此。""琼林苑在顺天门大街,面北,与金明池相对。大门牙道,皆古松怪柏;两旁有石榴园、樱桃园之类,各有亭榭,多是酒家所占。"

金明池（琼苑金池）

③ 青门：汉代长安城门，这里借指汴京城门。紫陌：京城郊野的道路。
④ 昼永：白天渐长。
⑤ 芳草王孙：化用《楚辞·招隐士》："王孙游兮不归，春草生兮萋萋。"
⑥ "怎得"句：意谓希望春天长驻。东君，春神。
⑦ 绿鬓朱颜：指青春年华。
⑧ 金衣莫惜：指《金缕衣》曲。唐无名氏《金缕衣》："劝君莫惜金缕衣，劝君须惜少年时。"
⑨ "才子"句：形容才子们的醉态。玉山，见《满庭芳》(北苑研膏)注⑩。

辑评

沈际飞云：("好花枝"二句)花神现身时分。("怎得"三句)朱淑真云："愿教青帝长为主，莫遣纷纷点翠苔。"秦作曼声，琳琅振耳。("佳人"二句)人生有几韶光美，倒尽金尊拼醉眠。(《草堂诗馀正集》)

李攀龙云：怅望何处，只在燕飞莺舞中。　又云：点缀春光，如雨花错落。至佳人才子，共庆同春，犹令人神游十二峰，为之玩不释手。(《草堂诗馀隽》)

周济云：此词最明快，得结语神味便远。(《宋四家词选》)

黄苏云：前阕写韶光婉媚，奕奕动人。次阕起处，"愿朱颜留住"，意已感慨。至结句犹峻切，语意含蓄得妙。(《蓼园词选》)

俞陛云云：金明池在长安东门外，为春日裙屐踏青之地，烟波浩渺,弋人每于此获凫雁。上阕纪水边风物,"花枝"二句景中带情。下阕"宝马"、"红尘",仍承上春游之意,人乐而我悲,所思不见,惟惆怅独归耳。(《唐五代两宋词选释》)

鹧鸪天①

枝上流莺和泪闻②,新啼痕间旧啼痕③。一春鱼鸟无消息④,千里关山劳梦魂⑤。　无一语,对芳尊⑥,安排肠断到黄昏⑦。甫能炙得灯儿了⑧,雨打梨花深闭门。

注释

① 这首词抒发闺中女子对远人的思念之情。
② 流莺:指黄莺流利婉转的鸣叫声。
③ 间:间隔,夹杂。
④ 鱼鸟:即鱼雁,指书信。古人有借助鱼、雁传递书信的传说。
⑤ "千里"句:爱人在千里之外,只能在梦中相见。
⑥ 芳尊:盛着美酒的酒杯。
⑦ 安排:听任(时间)推移。
⑧ 甫能:宋代俗语,方才。炙:烤。这里是点燃的意思。

鹧鸪天（枝上流莺和泪闻）

辑评

杨湜云：此词形容愁怨之意最工，如后叠"甫能炙得灯儿了，雨打梨花深闭门"，颇有言外之意。(《古今词话》)

沈际飞云："安排肠断"三句，十二时中无间矣，深于闺怨者。末用李词，古人爱句，不嫌相袭。(《草堂诗馀正集》)

张綖云：后段三句似佳，结句尤曲折婉约有味。若嫌曲细，词与诗体不同，正欲其精工。故谓秦淮海以词为诗，尝有"帘幕千家锦绣垂"之句。(《草堂诗馀别录》)

杨慎云：无限含愁说不得。(杨慎评本《草堂诗馀》)

李攀龙云：新痕间旧痕，一字一血。　又云：结二句有言外无限深意。形容闺中愁怨，如少妇自吐肝胆语。(《草堂诗馀隽》)

陆云龙云：锦心绣口，出语皆菁。(《词菁》)

黄苏云：孤臣思妇，同难为情。"雨打梨花"句，含蓄得妙，超诣也。(《蓼园词选》)

浣溪沙[①]

青杏园林煮酒香，佳人初试薄罗裳。柳丝摇曳燕飞忙。　乍雨乍晴花易老[②]，闲愁闲闷日偏长。为谁消瘦减容光?

注释

① 这首词抒写春日闲愁。
② 乍:忽然。

辑评

沈际飞云:"隙月窥人小"、"天涯一点青山小"、"一夜青山老",俱妙在叶字。"乍雨乍晴"句,妙不在叶字,而在"乍"字。(《草堂诗馀正集》)

杨慎云:"乍雨乍晴"二语,见道不独情景之真。(杨慎评本《草堂诗馀》)

李攀龙云:罗裳初试有意味,容光消减真堪怜也。 又云:眼前景致口头语,便是诗家绝妙词。(《草堂诗馀隽》)

徐渭云:"乍雨乍晴"、"闲愁闲闷"二句,浅淡中伤春无限。(徐渭评本《淮海集》)

俞陛云云:前半虽未见清湛,后三句则纯以轻笔写幽怀,若风拂柳丝,曼绿柔姿,留人顾盼,差近五代风格。(《唐五代两宋词选释》)

浣溪沙（青杏园林煮酒香）

南歌子

赠东坡侍妾朝云①

霭霭凝春态,溶溶媚晓光②。何期容易下巫阳,只恐翰林前世是襄王③。　　暂为清歌驻,还因暮雨忙④。瞥然归去断人肠⑤,空使兰台公子赋高唐⑥。

注释

① 因朝云的名字出自宋玉《高唐赋》"旦为朝云",故词中将朝云比作与楚襄王梦中相会的巫山神女。

② "霭霭"二句:描写早晨的云气,暗合朝云的名字。霭霭,云气浓密貌。溶溶,流动貌,此处系形容早晨的阳光。

③ "何期"二句:何曾料到会轻易地离开巫山之阳,这只怕是翰林学士的前世是楚襄王吧。容易,轻易。巫阳,巫山之南。《高唐赋》:"妾在巫山之阳,高丘之阻。"翰林,指苏轼。苏轼曾为翰林学士。

④ "暂为"二句:朝云在这里唱歌只是暂时的,她还是要回到巫山自为云雨呢。暮雨,见《高唐赋》:"旦为朝云,暮为行雨,朝朝暮暮,阳台之下。"

⑤ 瞥然:转眼间。

⑥ 兰台公子:指宋玉。这里是作者自指。宋玉《风赋》云:"楚襄王游于兰台之宫,宋玉、景差侍。"后遂以兰台公子称宋玉。

汉代称宫廷藏书处为兰台,唐代称秘书省为兰台。其时,秦观在秘书省任职,故以兰台公子自况。赋高唐:借指写这首词。

蝶恋花[①]

钟送黄昏鸡报晓。昏晓相催,世事何时了?万苦千愁人自老,春来依旧生芳草。 忙处人多闲处少。闲处光阴,几个人知道? 独上小楼云杳杳[②],天涯一点青山小[③]。

注释

① 这首词抒发人生感慨。
② 杳杳:深远貌。
③ "天涯"句:天之尽头,青山只有一点。

辑评

沈际飞云:朱颜绿发,变为鸡皮老人,能不感慨系之。后段占多许地步,开多许眼光,词之得致亦在此。(《草堂诗馀正集》)

黄苏云:前阕言世事无穷,忙者自相促迫,人自催老而物自

蝶恋花（钟送黄昏鸡报晓）

循环也。次阕言天下惟闺中日长耳。登楼望青山一点,正是闲处所。此词似属阅历有得之言。(《蓼园词选》)

捣练子[1]

心耿耿[2],泪双双,皎月清风冷透窗。人去秋来宫漏永[3],夜深无语对银釭[4]。

注释

① 此词抒写闺妇的孤独凄凉。
② 耿耿:形容心中不宁。《诗·邶风·柏舟》:"耿耿不寐,如有隐忧。"
③ 宫漏永:犹言夜长。漏,古代计时的漏壶。因最早用于宫中,故称"宫漏"。
④ 银釭:银灯。

辑评

沈际飞云:含无尽意,且从寻常中领取,手眼最高。(《草堂诗馀正集》)

杨慎云:紧独无语,谁与共语?(杨慎评本《草堂诗馀》)

捣练子（心耿耿）

李攀龙云:秋夜寂寂,秋闺隐隐,最堪怀人。　　又云:泪随心生,凄凄之景已见;至夜深无语,则幽思之情更切矣。(《草堂诗馀隽》)

秦元庆云:春闺景物妍丽,秋闺思味凄凉,此词为得之。(秦元庆评本《淮海集》)

如梦令①

门外绿阴千顷,两两黄鹂相应。睡起不胜情②,行到碧梧金井③。人静,人静,风弄一枝花影。

注释

① 此词抒写闺中女子午睡醒来的寂寞心绪。
② 不胜情:犹言心绪不佳。
③ 金井:井的美称。

辑评

沈际飞云:"不胜情"三字,包裹前后。(《草堂诗馀正集》)
杨慎云:只有风弄影,正模出静景。(杨慎评本《草堂诗馀》)
李攀龙云:几语写尽满腔春意。　　又云:优游自得,此境

如梦令(门外绿阴千顷)

还疑是梦醒中悟来。(《草堂诗馀隽》)

陆云龙云:"人静,人静,风弄一枝花影",正是静景。(《词菁》)

黄苏云:"不胜情"从"千顷"字、"相应"字生出,因"不胜情"而行,行而无人,只见"风弄一枝花影",更难为情。"一枝"字幽隽。(《蓼园词选》)

秦元庆云:见绿阴而闻鸟声,正是景物相应处。(秦元庆评本《淮海集》)

虞美人影[①]

碧纱影弄东风晓[②],一夜海棠开了。枝上数声啼鸟,妆点知多少[③]。　　妒云恨雨腰肢袅,眉黛不堪重扫[④]。薄幸不来春老[⑤],羞带宜男草。[⑥]

注释

① 词调名又作"桃源忆故人",抒发美人迟暮之悲。
② 碧纱:绿纱窗。
③ "妆点"句:言海棠、啼鸟增添了春天的美丽。
④ "妒云"二句:意谓没有爱情的滋润,人渐渐地消瘦,更懒得梳

虞美人影（碧纱影弄东风晓）

妆打扮。云雨,暗喻男女之情。
⑤ 薄幸:旧时女子对丈夫的昵称。
⑥ 宜男草:即萱草,又名忘忧草。《本草纲目》:"怀妊妇人佩其花则生男,故名宜男。"

辑评

沈际飞云:"海棠开了"下,转出"啼鸟"、"妆点",趣溢不窘,奇笔!句末慧。(《草堂诗馀正集》)

李攀龙云:忆故人还为误佳期也。 又云:词调清新,诵之自脍炙人口,玩之又羁绊人情。(《草堂诗馀隽》)

黄苏云:第一阕言春色明艳,动闺中春思耳。次阕言抑郁无聊,青春已老,羞望君泽耳。托兴自娟秀。(《蓼园词选》)

醉乡春①

唤起一声人悄②,衾冷梦寒窗晓。瘴雨过③,海棠开,春色又添多少。　　社瓮酿成微笑④,半破椰瓢共舀。觉倾倒⑤,急投床,醉乡广大人间小⑥。

注释

① 据《苕溪渔隐丛话》引《冷斋夜话》云:"少游在黄(横)州,饮于

海(棠)桥。桥南北多海棠,有老书生家于海棠丛间,少游醉宿于此,明日题其柱云(词略)。东坡爱其句,恨不得其腔,当有知者。"这就是此词的创作缘由,时间当是元符元年(1098)。因曲调为秦观自创,故东坡"恨不得其腔"。

② "唤起"句:一声呼唤,叫醒了还在静悄悄睡觉的人。
③ 瘴雨:指岭南一带山林间湿热蒸郁易使人致病的雨水。
④ 社瓮(wèng):社日祭神的酒。社,社日,古人春秋两次祭祀土神的日子。瓮,一种陶制的盛酒器。
⑤ 倾倒:摔倒。
⑥ 醉乡:醉中的境界。

辑评

卓人月云:学得嗣宗(阮籍)双白眼。(《古今词统》)

眼儿媚①

楼上黄昏杏花寒,斜月小阑干②。一双燕子,两行归燕,画角声残③。　绮窗人在东风里④,无语对春闲。也应似旧,盈盈秋水,澹澹春山⑤。

眼儿媚（楼上黄昏杏花寒）

注释

① 这是一首忆内之作。
② 阑干:即栏杆。
③ 画角:有彩绘的号角。
④ 绮窗:雕镂花纹的窗子。
⑤ "盈盈"二句:谓佳人眼如秋水之清,眉如春山之秀。澹澹,水波动貌。

辑评

李攀龙云:对景兴思,一唱三叹,画出秋千春山图。 又云:写景欲鸣,写情如见,语意两到。(《草堂诗馀隽》)

徐渭云:字字清丽,集中不多得。(徐渭评本《淮海集》)

黄苏云:此久别忆内词耳。语语是意中摹想而得,意致缠绵中绘出,尽是镜花水月,与杜少陵"今夜鄜州夜"一律同看。(《蓼园词选》)

行香子①

树绕村庄,水满坡塘。倚东风、豪兴徜徉②。小园几许③,收尽春光。有桃花红,李花白,菜花黄。

远远围墙,隐隐茅堂④。扬青旗、流水桥傍⑤。偶然乘兴,步过东冈。正莺儿啼,燕儿舞,蝶儿忙。

注释

① 这首词描写春天的田园风光。全词以短句为主,给人一种轻快活泼的感受。
② "倚东风"句:在和煦的春风中,兴致勃勃地闲游。徜(cháng)徉,游荡,走来走去。
③ 几许:多少。这里是没有多大的意思。
④ 茅堂:茅屋。
⑤ 青旗:酒店门口挂着的青色酒旗。